Inhalt

Gebete haben Flügel

Es waren einmal zwei Engel, die vom Himmel herabflogen und sich in der Stadt Kailas auf den höchsten Ast eines großen Nadelbaumes niederließen. Es war eine wunderschöne Mondnacht und auf den umliegenden, schneebedeckten Hügeln und in den Tälern herrschte Stille und ein silberner Friede. Die Engel blickten umher und bemerkten von Zeit zu Zeit Flügel, die in der ruhigen Bergluft himmelwärts flatternd entschwanden.

„Wer mögen diese geflügelten Geschöpfe sein? Und wo mögen sie hinfliegen?" fragte ein Engel den anderen.

„Dies sind die Gebete der Menschen, die auf dieser Erde leben, und sie fliegen alle in den Himmel, um vor den Thron von Brahman, den Schöpfer des Universums, zu kommen", antwortete dieser.

„Hast du bemerkt, wie hübsch manche von ihnen sind?" fragte der erste Engel.

„Ja, aber die meisten sehen ganz gewöhnlich aus, und einige sind sogar richtig hässlich", antwortete der zweite. „Komm, folgen wir ihnen und sehen wir, wohin sie fliegen." So breiteten also die beiden ihre Flügel aus und flogen den flauschigen Wolken über ihnen entgegen. Höher und höher flogen sie, und als sie empor stiegen, bemerkten sie, dass viele der dunklen und hässlichen geflügelten Geschöpfe nicht über die Wolken hinauskamen, sondern zur Erde zurückfielen und dort starben. Dies waren die Gebete der selbstsüchtigen und geizigen Menschen, die um ihrer selbst willen beteten, sogar wenn es zum Schaden anderer sein sollte. Andere Gebete, die zwar weniger hässlich waren, aber doch nicht gut genug, um höher hinaufsteigen zu können, durchbrachen die Wolken und schmolzen in der dünneren Luft dahin, wie Nebel im Morgenlicht. Die ehrlichen Gebete jedoch, die direkt aus den Herzen der guten und freundlichen Menschen kamen, stiegen höher und höher empor, über den Mond hinaus, und sogar über die entferntesten Sterne hinweg.

Als die Engel das Himmelstor erreichten, erblickten sie ein wunderschönes Wesen, mit durchscheinenden Flügeln, die wie Opale glänzten. Beim Näherkommen sahen sie, dass es ein Antlitz hatte wie ein unschuldiges Kind, so klar und rein, und dass sie nicht daran zweifeln konnten, dass es von einem einfachen und ehrlichen Herzen kam.

Die Engel durchschritten das Tor und traten

in die Halle ein, wo sie mehrere schöne Geschöpfe vorfanden, von denen sich aber keines mit jenem vergleichen ließ, das sie eben gesehen hatten. Sie betraten gemeinsam den Thronsaal, wo diese Wesen ihre Botschaften dem großen Gott Brahman überbrachten, und dann zu den Herzen zurückkehrten, die sie ausgesandt hatten.

Zuerst trat ein Gebet mit perlfarbenen Flügeln heran, verneigte sich tief und sprach: „Oh großer Gott, ich bete, dass in meinem Land immer Wohlstand herrsche, so dass sogar die Ärmsten genug haben.“ Und Lord Brahman antwortete „So soll es sein!“ Und das Gebet stand still, während ein anderes seinen Platz einnahm.

Dieses betete um Mut und Weisheit, denn es kam aus dem mächtigen Herzen eines Kriegers, und auch ihm wurde sein Wunsch gewährt.

Viele andere folgten, aber keines von ihnen war auch nur halb so schön wie jenes, das die Engel am Tor gesehen hatten. Und gerade, als sie sich fragten, was mit ihm geschehen sein mochte, füllte sich der ganze Ort mit süßem Duft, und zarte Musik klang an ihre Ohren. Die Engel wandten sich um, um zu sehen, woher sie kommen mochte, und siehe da! Da stand es, jenes Gebet, an das sie eben gedacht hatten.

Und es war sogar noch lieblicher und durchscheinender als zuvor.

Sich tief vor dem Thron Brahmans verneigend sprach es mit demütiger Stimme: „Oh Herr über alle Schöpfung, nimm meinen tiefsten Dank entgegen für all die unzähligen Wohltaten, die Du mir gewährt hast.“ Brahman war über dieses Gebet so entzückt, dass der ganze Himmel mit Freude überflutet wurde. Die Sonne ging in all ihrer Pracht auf und Regenbögen tanzten in den göttlichen Himmeln.

„Dieses Gebet muss von dem Herzen eines Königs kommen, oder zumindest von einem sehr reichen Mann, dem es an nichts fehlt. Denn sonst könnte er nicht ein solches Gebet herauf schicken“, sagte der zweite Engel zum ersten. „Folgen wir ihm doch, und sehen wir, wohin es zurückkehrt.“

So folgten also die beiden Engel dem Gebet, und zu ihrem größten Erstaunen führte sie das wunderschöne Wesen zur Hütte eines armen Betteljungen, der am Boden schlief, und schlüpfte schnell in sein Herz. Bald darauf erwachte der Knabe und lächelte.

„Ich würde ihn gerne auf die Probe stellen, um herauszufinden, wie er ein solches Gebet senden konnte“, sagte der erste Engel zu dem zweiten. „So nehmen wir doch die Gestalt von zwei müden Wanderern an, und sprechen wir mit ihm." Sie verwandelten sich also in zwei Wanderer, die sehr müde und hungrig aussahen, und klopften an die Tür. Der kleine Junge kam heraus, empfing sie höflich und zuvorkommend und bot ihnen all die Früchte und Nüsse an, die er in vielen mühseligen Tagen gesammelt hatte. Als sie ihm aber ihr Mitleid aussprachen über seine traurigen Lebensumstände, lächelte er nur und sprach: „Ich habe vieles, für das ich dankbar sein muss, gute Herren, denn seht nur die Sonne, die mich den ganzen Tag lang wärmt, und die Vögel, die für mich singen. Auch die rauschenden Bäche klingen wie Musik in meinen Ohren und die sanften Winde streicheln mich in den Schlaf. Sogar ein König hat nicht mehr als ich. Und für all diese Freuden und noch viele andere mehr, die der gute Gott mir gewährt, bin ich wahrhaft dankbar."

Die Engel blickten einander überrascht an, und den Jungen immer und immer wieder segnend verabschiedeten sie sich. Als sie außer seiner Sichtweite waren, verwandelten sie sich wieder und flogen zurück zum Himmel, um dort diese Geschichte zu erzählen.

König Janakas Prüfung

Als einst der große König Janaka über das Land herrschte, lebte dort ein Yogi namens Yajnavalkya, der sowohl für seine Gläubigkeit als auch für seine Weisheit bekannt war.

Jeden Morgen, wenn die goldene Dämmerung langsam über den fernen Horizont hereinbrach, und die Vögel ihre süßesten Lieder sangen, badete Yajnavalkya in den kühlen Wassern eines nahen Stromes und begab sich dann zu seinem Lehrersitz, um seine Lehren zu verbreiten.

Eines Morgens sprach er wie üblich zu seinen Jüngern, unter denen sich gelehrte Pandits (gebildete Männer) befanden, Sadhus (heilige Männer), Sannyasins (die auf alles verzichten, um den geistigen Weg einzuschlagen) und noch viele andere Männer. Diese Leute bemerkten, dass Yajnavalkya, ihr Guru (Meister oder Lehrer) ständig zur Tür sah, gerade so als ob er jemanden erwartete. Und sie täuschten sich nicht. Denn Yajnavalkya wartete tatsächlich auf seinen König, der auch seinen Predigten beiwohnte.

Die Schüler wurden auf diese besondere Aufmerksamkeit, die dem König geschenkt wurde, eifersüchtig. Denn sie dachten, dass in den Augen eines heiligen Mannes kein Unterschied sein sollte zwischen einem König und einem gewöhnlichen Menschen. So konnten sie also nicht verstehen, warum Janaka diese besondere Auszeichnung zuteil wurde. Schließlich entschlossen sie sich, ihren Guru zu fragen, warum er eine solche Vorliebe für den König zeigte.

„Meister“, sprach einer von ihnen, „es ist nicht recht, dass du den König in deiner Wertschätzung über uns stellst. Denn ein Mann Gottes, wie du Ehrwürdiger selbst es bist, sollte keinen einzelnen vorziehen. Warum zeigst du Janaka dann mehr Achtung als uns? Ist es darum, weil er unser König ist?“

Yajnavalkya war von dieser Frage, die ihm höchst lächerlich vorkam, ebenso überrascht wie schmerzlich berührt. „Meine Brüder“, sprach er, „Ihr irrt euch sehr, wenn ihr denkt, dass ich Janaka irgendeinem von euch vorziehe, nur weil er ein König ist, obwohl wir ihm als solchen zur Ehrerbietung verpflichtet sind. Janaka aber ist nicht nur ein König im weltlichen Sinn des Wortes, sondern auch im geistigen Sinne. Denn er ist ein Siddha Purusha (ein vollkommener Mensch), und eines Tages werdet ihr selbst die Wahrheit dieser Worte erkennen.“

Nachdem einige Zeit nach diesem Vorfall vergangen war, predigte der Yogi wieder einmal in Gegenwart von Janaka seinen Schülern, als ein Mann in die Hütte gelaufen kam und schrie, dass der Palast des Königs in Flammen stand. Er trug die Uniform der königlichen Palastwache und schien schrecklich aufgeregt zu sein.

Kaum, dass die Neuigkeit verkündet war, stand schon der ganze Ort in heller Aufruhr. Fast jeder sprang auf und wollte zum Palast eilen. Einige von Ihnen hatten Verwandte, die dort arbeiteten, während andere Angst hatten, etwas Spannendes zu versäumen. Andere wiederum fürchteten um ihre Felder, die neben den Palastgründen lagen. Allein König Janaka blieb ruhig und völlig unberührt sitzen und wartete, dass sich die Aufregung legte, so dass er wieder den Lehren seines Meister lauschen konnte.

Der Wächter, der die Nachricht überbracht hatte, war darüber so erstaunt, dass er die Meldung mit noch stärkerem Nachdruck wiederholte, da er fürchtete, der König hätte ihn nicht richtig verstanden.

Da wurde der König sehr ungehalten und antwortete: „Du törichter Mensch!“ Glaube nicht, ich hätte nicht vernommen, was du sagtest. Aber denkst du wirklich, dass ich meinen Platz zu Füßen meines Meister verlasse, um meine irdischen Güter zu retten? Glaubst du, ich schätzte sie mehr als die goldenen Worte der Weisheit, die aus dem Mund meines Meister kommen? Wenn mein Palast in Flammen steht, so mag er brennen! Es ist der Wille Gottes! Wenn Er ihn retten will, so sind dort bessere Männer als ich am Werk, die ihr bestes tun."

Selbst Yajnavalkya war überrascht, diese Worte zu hören, und ebenso sehr erfreut und setzte seine Predigt fort, als wäre nichts geschehen.

Einige Stunden später kamen die Schüler einer nach dem anderen zurück, und man kann sich vorstellen, welchen Schreck sie hatten, als sie ihren König immer noch dort sitzen sahen. Sie erinnerten sich der Worte ihres Meisters, schämten sich, und beugten tief ihren Kopf vor ihm. Und niemals mehr zweifelten sie an der Weisheit ihres Lehrers. Kein Wunder also, dass Janaka als einer der größten Könige in die Geschichte einging, die in diesen fernen Zeiten herrschten!

Die blaue Lotusblüte

Tief im Herzen des Himalaya war einmal ein stiller See, dessen Wasser sich sanft im Wind kräuselte. Dort blühte einst eine blaue Lotusblume. Ihre Schönheit war so groß, dass der Himmel über ihr vor Stolz errötete und die Wolken vor Erstaunen stundenlang an den Spitzen der Berge verweilten.

Obwohl die blaue Lotusblume so schön war, war sie keineswegs stolz. Sie öffnete ihre Blütenblätter weit für die Bienen, die kamen, um den süßen Honig wegzutragen, den sie in ihrem goldenen Herzen gesammelt hatte, und den Vögeln erlaubte sie, sich auf ihrem Stengel niederzulassen und ihr ein Lied zu singen. Sogar die Hasen wagten sich an den Rand des Sees und knabberten an ihren großen grünen Blättern. Und Wolf und Bär vertrauten ihr ihre Geheimnisse an.

Als sie schließlich in das heiratsfähige Alter kam, sandte ihr Vater, der König des Lotusreiches seine Boten nach nah und fern, um einen ebenso hübschen Bräutigam für sie zu suchen. Trotzdem die Adler und Falken aber über die höchsten Felsen und Hügel flogen, und der Königsfischer in jeden Fluss und See in den Bergen tauchte, und die Hasen tiefer und tiefer in die Erde gruben, und alle Tiere an jedem möglichen und unmöglichen Ort suchten, war doch niemand imstande, einen blauen Lotus zu finden, der die Prinzessin hätte heiraten können. Die arme Prinzessin weinte still vor sich hin und beschwor ihren Vater, ihr zu erlauben, den Prinzen Rosa Lotus zu heiraten. Ihr Vater jedoch verweigerte die Zustimmung.

Schließlich war der Frühling vorüber und mit den warmen Sommermonaten kamen einige Botaniker auf der Suche nach seltenen Blumen und Pflanzen. Kaum war ihr Blick auf die schöne Prinzessin gefallen, vergaßen sie ihren Hunger und ihre Müdigkeit, und gingen daran, die Lotusblüte auszugraben und fortzutragen. Die arme Prinzessin wurde ganz weiß vor Angst und zitterte mit allen ihren Blütenblättern.

Sie rief laut um Hilfe, und weil sie von allen so geliebt wurde, verließ die Bärenmutter ihre Jungen und eilte, sie zu retten, und die Bienen vergaßen ihre Königin und schwärmten um die Eindringlinge. Sogar die Vögel und Hasen halfen, indem sie alle die Samen und Pflanzen wegfraßen, welche die Botaniker in Tagen langer mühevoller Arbeit gesammelt hatten. Schließlich sahen sich die armen Männer gezwungen, unter Schmerzen und in großer Verwirrung den Rückzug anzutreten. Sie erzählten überall von der wundervollen blauen Lotusblume, die sie im Herzen des Himalaya gefunden hatten, aber keiner wollte die Geschichte glauben.

Prinzessin Blaue Lotusblüte war gerettet, der Schrecken hatte ihr aber für immer die schöne blaue Farbe geraubt, sodass sie nun ebenso grünlich weiß gefärbt war, wie viele ihrer Schwestern. Sie aber war nun viel glücklicher, denn niemand wollte sie nun wie eine seltene Blume davontragen, und schließlich wurde sogar der Tag ihrer Hochzeit mit Prinz Rosa Lotus festgesetzt.

„Schönheit hat ihren Preis“, hörte man den Eichelhäher zur Nachtigall sagen, „man lebt sicherer, wenn man nicht zuviel davon besitzt.“

Die Rose und der Abendstern

Es war einmal ein Sonnenstrahl, der liebte eine Rose. Und auch der Morgentau und der sanfte Lufthauch liebten sie. Denn die Rose, die am Rande eines Waldsees wuchs, war so schön wie eine Perle und so rosig wie das zarte Rosa der Meeresmuscheln. Sie jedoch gab nichts auf ihre Verehrer. Ihr Herz gehörte dem leuchtenden Abendstern, der droben am Himmel stand.

Vergeblich umhüllte der Sonnenstrahl die Rose jeden Tag mit seiner schützenden Wärme, ebenso vergeblich kühlte ihr der Morgentau ihre Blütenblätter und sang ihr der sanfte Lufthauch sein Schlaflied:

„Schließe deine Blätter, Schönste, du,
denn die Sonne legt sich nun zur Ruh,
und die Wiesenblumen wogen
und schlafen und träumen vom Regenbogen."

Die Rose aber wurde nur ungeduldig und schalt den Wind: „Du dummer Wind, wenn du nur ein Fünkchen Verstand hättest, würdest du mir nicht sagen, dass ich meine Blätter schließen soll, gerade wenn mein Stern am Himmel erscheint. Jetzt ist nicht die Zeit zu schlafen! Ich muss so schön wie möglich aussehen und so süß duften, wie ich nur kann."

„Aber dein Stern ist so weit von dir entfernt, wie kannst du erwarten, dass er dich überhaupt sieht, geschweige denn zu dir heruntersteigt?“

„Nur so eine dumme Person wie du kann so etwas fragen“, antwortete die Rose. „Hast du nicht gesehen, wie oft er in den See kommt? Wenn du mir nicht glaubst, so warte hier, und du wirst ihn bald im stillen Wasser dort unten sehen.“

So wartete der Lufthauch also über den Hügeln, bis die Sonne untergegangen war, und der letzte Vogel sein Nest aufgesucht hatte. Und siehe da! Der Abendstern strahlte im Wasser, genau so, wie die Rose es gesagt hatte.

Auch die Rose sah den Stern und öffnete ihre Blütenblätter weiter und weiter, um noch schöner zu sein. Diesmal jedoch hatte sie sich zu sehr verausgabt und die Blätter brachen ab und fielen sanft auf das Wasser des Sees und trieben davon.

„Oh, meine Blütenblätter! Meine schönen rosa und weißen Blüten!“ weinte die Rose. „Was soll ich nur ohne sie tun?“ Die Blüten aber entfernten sich immer weiter und weiter, während der Abendstern so schön wie immer am Himmel stand. Fern und stolz.

Die arme Rose starb, und der sanfte Lufthauch blies ein wenig Staub über sie, während der warmherzige Sonnenstrahl jeden Tag auf ihr Grab schien; und der Morgentau seine kühlen Tränen über sie ergoss. Den Abendstern, der von alldem nichts wusste, kümmerte es jedoch nicht.

Neid bringt Unglück

An der Außenseite einer Mauer, die einen Palastgarten umschloss, blühte einmal unter einem schönen Mandelbaum ein wilder Rosenstrauch.

Wenn im Sommer die trockenen Winde über die Ebenen wehten und der arme Strauch von der Hitze ausgedörrt wurde, beugte sich der Mandelbaum tief herab und schützte den Strauch mit seinem Schatten; und im Winter, wenn sowohl der Strauch als auch der Baum aller Blüten und Blätter beraubt waren, war der Mandelbaum ein großer Trost für den Rosenstrauch. Denn um die Zeit der kalten und einsamen Tage zu verkürzen, erzählte er Geschichten, die er schon gehört oder erlebt hatte, lange, bevor die Rosen auf der Welt waren. Schließlich kam wieder der Frühling leichtfüßig über die Berge und Hügel gelaufen und beide, Baum und Strauch standen wieder in voller Blüte. Die Vögel kehrten zurück und sangen ihre Lieder in den blühenden Ästen, und die Schmetterlinge küssten jede neue Knospe wach.

Es war an einem solchen Frühlingstag, als der ganze Rosenstrauch voller Blüten war, die

Bienen glücklich summend ihren Honig sammelten, und die Grashüpfer im frischen grünen Gras herumsprangen.

„Wie schön ist doch das Leben und wie glücklich sind wir doch!“ riefen die Rosen und tanzten vor Vergnügen.

„Auch wir sind glücklich“, sangen die Vögel, „denn wir sind erfüllt von Liedern.“

„Ich bin aber der glücklichste von allen“, sprach da der Mandelbaum, „denn ich wachse jeden Tag ein Stückchen mehr, und bald werde ich mit meinen Ästen über die Mauer reichen können und meine Blüten in den Palastgarten streuen.“

„Oh, wie glücklich bist du doch!“ sagte der Rosenstrauch. „Ich wünschte, ich wäre so groß wie du, dann könnte ich über die Mauer blicken und sehen, ob auf der anderen Seite Rosen blühen.“

„Darüber würde ich mir keine Sorgen machen, wenn ich du wäre“, sagte der Specht, der eifrig damit beschäftigt war, an einem Ast über dem Strauch zu picken.

„Du hast leicht reden“, redeten die Rosen im Chor. „Denn du kannst über die Mauer fliegen und alles sehen, während wir hier unten festsitzen und uns nicht einen Zentimeter bewegen können.“

„Uns geht es aber auch nicht anders“, sagten die Butterblumen. „Und uns macht es kein bisschen aus. Schließlich sind wir doch Blumen und keine Vögel.“

„Trotzdem“, sagten die Rosen und wandten sich an den Mandelbaum, „erzähl uns, was hinter der Mauer liegt, sobald du groß genug bist, um darüber zu blicken.“

„Natürlich, meine Lieben“, antwortete der Mandelbaum. „Aber reden wir jetzt nicht mehr davon, und sehen wir lieber meinen Blüten zu, wie sie sich wiegen und im Wind tanzen.“

Die Tage flogen vorbei wie glückliche Träume. Dann, eines Morgens, schrie der Mandelbaum plötzlich vor Freude auf, „Hurrah! Ich kann über die Mauer sehen.“

„Oh, ist das wunderbar“, sagte der Rosenstrauch ganz aufgeregt. „Erzähl mir, was du siehst.“

„Da ist ein wunderschöner Garten voll lieblicher Blumen. Und Rosen! Ich hätte mir niemals träumen lassen, dass es irgendwo so viele Rosen geben könnte! Aber still. Dort kommt der Prinz mit seinen Freunden.“

„Oh wie wir dich beneiden!“ seufzten die Rosen. „Ist er sehr hübsch?“

„Ja, er ist eben so hübsch wie nur ein Prinz sein kann. Und in seiner Hand hält er eine schöne dunkelrote Rose und streichelt ihre Blütenblätter."

„Ach weh, wir würden am liebsten weinen", schluchzten die Rosen. „Zu uns kommt nie irgendein Prinz."

„Was macht das schon! Kommen wir nicht immer zu euch?" sangen die Vögel.

„Ach ihr!" sagten die Rosen verächtlich. „Wie könnt ihr euch mit einem Prinzen von königlichem Geblüt vergleichen!"

„Das mag schon sein, aber wir lieben euch, während er sich keinen Deut um euch kümmert."

„Eure Liebe bedeutet uns nichts." sagten da die Rosen, sich völlig vergessend. „Wir wollen einen Prinzen oder gar niemanden."

„Still Kinder. So solltet ihr nicht sprechen!" sagte der Mandelbaum. „Ihr seid sehr undankbar."

„Das ist uns egal!" sagten die Rosen alle zusammen. „Kümmere dich in Zukunft bitte um deine eigenen Angelegenheiten, und hör auf uns zu predigen. Und was euch andere betrifft", sagten sie an die Vögel gewandt, „ihr könnt eure Liebe sonstwohin tragen."

„Gut", sagten da die Vögel traurig. Und sie flogen weg, einer nach dem anderen. Bald war der Platz ganz verlassen, und der Rosenstrauch blieb allein mit seinen Rosen und seinen Gedanken.

Der Mandelbaum war so verletzt, dass er sein Gesicht abwandte, und dem Rosenstrauch sein kühles Dach aus freundlichen Ästen entzog. Und als der Sommer kam, welkte der Strauch langsam dahin und starb schließlich.

Auf diese Weise brachte der Neid Unglück dorthin, wo alle einmal so glücklich gewesen waren. Und der Mandelbaum lernte, dass im Schweigen Weisheit liegt.

Die Jahre vergingen und andere Blumen nahmen den Platz der Rosen ein, aber niemals wieder verlor der Mandelbaum ein Wort über das, was er auf der anderen Seite der Palastmauer sah.

Die Rache des Elefanten

Vom Elefanten sagt man, dass er eines der intelligentesten Geschöpfe im Tierreich sei. Und diese Geschichte wird euch zeigen, wie gut er jede Bosheit, die man ihm zufügt, im Gedächtnis behält.

Es war einmal ein König, der besaß einen weißen Elefanten, den er sehr liebte. Der Mahut (sein Wärter) führte ihn jeden Tag zum Baden hinaus zum Fluss, wo sich immer mehrere Leute versammelten, um ihn zu streicheln und zu bewundern. Sie brachten ihm Bananen, Brot und Gemüse und schmückten ihn mit Girlanden aus leuchtenden Blumen.

Auf seinem Weg zum Fluss kam der Elefant jeden Tag bei einem Schneider vorbei. Die Frau des Schneiders, die den Elefanten sehr mochte, hielt immer eine Nascherei für ihn bereit.

Eines Tages, als das schöne Tier wieder zu ihrer Tür kam, war sie gerade nicht in der Küche, und ihr Mann, der Schneider, der das Tier nicht sehr mochte, und die Leckereien lieber für sich behielt, saß nahe bei den Stufen. Als der Elefant wie gewöhnlich seinen Rüssel hereinsteckte, um sein Geschenk zu erhalten, nahm der Schneider die Gelegenheit wahr, und stach den Elefanten mit einer langen Nadel fest in den Rüssel.

Vor Schmerz jammernd ging das arme Tier fort, und der Mahut, der nicht gesehen hatte, was geschehen war, konnte nicht verstehen, was los war.

Einige Wochen waren nach diesem Vorfall vergangen, und der Schneider ging seiner Arbeit nach wie immer, sehr zufrieden, dass der Elefant seitdem nicht mehr an seine Tür gekommen war.

Dann kam der Geburtstag des Königs. Der Schneider war eifrig damit beschäftigt, einige neue Kleider für den König und den Hof zu machen. Als sie fast fertig waren, und nur mehr einige Knöpfe fehlten, die noch anzunähen waren, erschien plötzlich der Elefant, der wie üblich zu seinem Bad gesandt worden war. Viele Leute umjubelten und umtanzten ihn, der Schneider jedoch, war zu sehr beschäftigt, um etwas zu merken, und seine Frau war fortgegangen, um Wasser vom Brunnen zu holen.

Das Tier kam näher und immer näher, und als er nur mehr ein paar Meter entfernt war, spritzte er einen Strahl schmutzigen Wassers direkt dem Schneider ins Gesicht. Das Wasser beschmutzte nicht nur sein Gesicht, sondern verdarb auch die meisten der kostbaren Kleider, an denen er gearbeitet hatte.

Nun war es am Schneider, zu jammern und zu schimpfen, aber da war nichts, was er tun konnte, und die ganze Menge jubelte dem Elefanten zu und freute sich über den Spaß.

Auf diese Art also hatte der Elefant seine Rache genommen, denn der Schneider wurde aus dem Hofdienst entlassen, weil er die kostbare Kleidung ruiniert hatte. Und solange er lebte, vergaß er niemals diese bittere Erfahrung, sondern erzählte den Kindern im Ort oft diese Geschichte, auf dass sie lernten, dieses königliche Tier zu respektieren, und ihm niemals böse Streiche zu spielen.

Die kostbare Perle

Weit weg, in den Weiten des Indischen Ozeans, war einmal eine wunderschöne Insel, die bekannt war für ihre perlentragenden Austern. Das Wasser um die Insel war so klar, dass die Fische, die darin lebten, die sich darüber neigenden und wiegenden Palmwedel sehen konnten oder die großen, mit allerlei Waren beladenen Schiffe, die vorbeisegelten.

Hier, auf dieser Sandbank lebten viele Austern, große und kleine, die oft von den Tauchern ihrer Perlen wegen aus dem Wasser geholt wurden. Die Perlen wurden entfernt und die Austern wurden entweder von den Bewohnern der Insel gegessen oder wieder ins Meer zurückgeworfen.

Die Austern waren sehr eifersüchtig aufeinander, und dann am glücklichsten, wenn sie an ihren Nachbarn irgendeinen Fehler finden konnten.

Eines Nachts, als sie wieder wie üblich im vom Mondschein erhellten Wasser zusammengekommen waren, um zu klatschen und einander ihre Schätze vorzuzeigen, kam eine dicke Auster ganz aufgeregt und völlig außer Atem angerannt.

„Was glaubt ihr, habe ich heute gesehen“, keuchte sie.

„Einen Haifisch“, sagte eine. Die Dicke aber schüttelte nur den Kopf.

„Einen hübschen Prinzen auf einem dieser Dampfschiffe“, sagte eine andere. Die Dicke aber schüttelte wieder den Kopf.

„Ich weiß schon“, sagte eine kleine zu ihrer linken Nachbarin.

„Dann sag es uns schnell“, sprachen alle zusammen.

„Du hast einen neuen Stern gesehen.“

„NEIN“ sagte die Dicke. „Keine von euch hat es auch nur annähernd erraten, also sage ich euch, was es ist. Ich habe einen Neuzugang gesehen.“

„Einen Neuzugang!“ riefen alle im Chor. „Wer ist sie? Wie sieht sie aus? Ist sie hübsch? Hat sie eine Perle?“

„Na, na, nicht so schnell!“ schimpfte die Dicke. „Und hört um Himmels willen auf, mich zu ziehen und zu stoßen oder ihr hört überhaupt nichts von mir.“ So traten denn alle zurück und warteten still.

„Ich wanderte gerade um den großen braunen Felsen herum, als ich die hässlichste und schmutzigste Auster sah, die ihr euch nur vorstellen könnt. Ich wollte mehr über sie erfahren, aber sie schämte sich so sehr für sich selbst, dass sie, kaum dass sie mich näher kommen sah, fortlief, und sich hinter dem Felsen versteckte." erzählte die Dicke.

„Armes kleines Ding!" sagte eine von den Austern, die selbst nicht sehr hübsch war.

„Armes Ding! Also wirklich!" sagten die anderen erstaunt. „Sie hat kein Recht dazu, hässlich zu sein. Sie wird Schande über unsere ganze Kolonie bringen. Es wäre besser sie ginge fort und lebte anderswo."

Am nächsten Tag jedoch konnten sie ihre Neugierde nicht bezwingen und suchten die hässliche Auster überall unter Felsen und Algen. Und da war sie dann, eine große Auster mit grünbrauner Farbe. Sie kamen immer näher und näher und schließlich fasste sich eine Mut und sprach sie an.

„Wie bist du hierher gekommen? Hast du eine Perle, die du uns zeigen kannst?"

„Ich bin hierher gekommen wie ihr anderen auch", sagte die Neue schüchtern, „Und ich habe auch eine Perle, die ich euch zeigen kann."

„So lass uns sehen. Ich hoffe, sie sieht besser aus als du", sagte die dicke Auster grob.

„Die Neue kann gar keine weiße Perle haben, weil sie selbst so dunkel ist. Da bin ich ganz sicher“, sagte eine andere. Und alle bestanden darauf, die Perle zu sehen, so dass der Neuen nichts anderes übrigblieb, als sie herzuzeigen.

„Seht nur, wie hässlich sie ist!“ rief eine von ihnen, kaum dass sie einen Blick hineingeworfen hatte. Und sie wandte ihr Gesicht ab.

„Ja“, sagte eine andere. „Sie ist fast so schwarz wie sie selbst.“

„Ich habe euch ja gewarnt. Was habt ihr erwartet?“ höhnte die Dicke. Die arme neue Auster war so gekränkt, dass sie schnell ihre Schalen schloß und fortging.

„Wie gemein von euch, solche Sachen zu sagen!“ sagte die Auster, die nicht hübsch war. „Stellt euch vor, eine von uns wäre an ihrer Stelle. Wie würde es uns gefallen, solche Dinge gesagt zu bekommen?“

„Wenn du solches Mitgefühl für sie hast, warum gehst du dann nicht, und lebst mit ihr?“ sagte eine andere Auster. „Wir alle sind sehr hübsch und wollen nicht in solcher Gesellschaft leben.“

„Ist gut, wenn ihr so denkt, dann bin ich anderswo sicher besser dran“, sagte die erste und wandte sich fort.

Bald darauf ließ ein schrecklicher Zyklon die Insel erzittern. Die Winde peitschten wie Furien und Wellen hoben alles auf, das in den Tiefen des Ozeans war und spülten es an Land. Auch die Neue wurde von ihrem Platz fortgerissen und auf einen Felsen geworfen, wo sie ein Fischer fand. Er nahm sie heim, öffnete sie und blickte hinein. „Was für eine seltsame Perle!" sprach er zu sich selbst. „Ich muss sie dem Perlenhändler zeigen und sehen, was er dazu sagt."

Also eilte er fort zum Haus des Händlers.

„Was bringst du mir heute, mein Freund?" fragte der Händler.

„Sieh bitte selbst, denn du kannst es besser beurteilen", antwortete der Fischer und reichte dem Händler die Auster.

Der Kaufmann öffnete langsam die Schalen und konnte einen Ausruf nicht unterdrücken, „EINE SCHWARZE PERLE! Wo hast du sie gefunden? Sie ist eine Schönheit!"

Der Fischer war so erfreut, dies zu hören, dass er lang und breit erzählte, wie er die Auster ganz oben auf einem Felsen entdeckt hatte. Dann nahm er die Goldstücke, die ihm der Händler gab, und eilte heim zu seiner Frau, um die gute Nachricht zu überbringen.

Die Perle wurde von Hand zu Hand weitergereicht, und die arme Auster musste sich selbst zwicken, um sicherzugehen, dass sie nicht träumte. Nachdem sie von allen ihren

Kameraden mit so viel Abscheu behandelt worden war, konnte sie ihren Ohren kaum glauben, als sie all das Lob hörte, das über sie ergossen wurde. In einer wunderschönen Samtschatulle wurde sie zu keinem geringeren als König Akbar selbst gesandt. Dieser entfernte die Perle und befestigte sie auf seiner Krone. Und die Auster bekam einen Ehrenplatz in seinem Gartenteich. So lange er lebte, hörte der große Herrscher niemals auf, seinen Fund zu bewundern und ihn seinen Freunden gegenüber zu preisen. „Was beweist“, sagte ein Engelsfisch zum anderen, als er diese Geschichte hörte, „dass man niemanden nach seinem Äußeren beurteilen soll. Denn so manche kostbare Perle könnte versteckt hinter einem hässlichen Äußeren liegen.“

Liroo-Lira

„Liroo, Lira“, sang die Nachtigall im Jasminstrauch. „Liroo, Lira“, tönte das Echo aus den Hügeln.

„Liroo, Lira?“ fragte der Mond. „Was bedeutet das?“

„Hast du nie von Liroo und Lira gehört?“ fragte die Nachtigall.

„Nein, noch nie. Denn wie du sehen kannst, bin ich noch ein Neumond.“ entgegnete der Mond.

„Oh, ja. Ich sehe schon.“ sagte die Nachtigall. „Dann verstecke aber dein Gesicht nicht schüchtern hinter den Wolken, sondern steig zu uns herunter auf die Oberfläche des Wassers. Ich kann nämlich nicht so laut singen.“

Also kam der Mond ins stille Wasser des nahen Flusses, der Wind hörte auf, in den Nadelbäumen zu flüstern, und die Grillen und Zikaden schwiegen ebenfalls. Denn wenn die Nachtigall singt, lauscht alles ihrem Gesang.

„Es war einmal ein süßes kleines Mädchen namens Liroo“, stimmte die Nachtigall ihr Lied an, „das den Nachbarsohn Lira von Herzen liebte. Beide Kinder waren miteinander aufgewachsen und der eine war nur immer glücklich in der Gesellschaft des anderen."

„Ihre Väter waren Bauern, deren Felder Seite an Seite lagen, und die einander bei der Aussaat und Ernte halfen, die gemeinsam das Korn und Gemüse zum Markt brachten, und wieder heimkamen mit vielen netten Dingen für ihre Kinder."

„Es war in beiden Familien ausgemacht, dass Liroo Lira heiraten würde, wenn sie beide erwachsen waren. Das ganze Dorf freute sich schon auf dieses große Ereignis, denn niemals auf der Welt hatte es je ein hübscheres Paar gegeben."

„Bevor aber der Hochzeitstag festgesetzt werden konnte, kam Yama, der Gott des Todes, ins Dorf, in das er gerufen worden war, um einen alten Mann mitzunehmen. Kaum hatte er aber den hübschen Lira in den Feldern arbeiten gesehen, als er sich auch schon entschloss, ihn als seinen Schwiegersohn ebenfalls mitzunehmen."

„Oh Gott! Armer kleiner Lira!" seufzte der Mond. „Und was geschah dann?"

„Unterbrich mich bitte nicht", sagte die Nachtigall, „dann wirst du bald alles hören."

„Yamas Tochter hatte ebenfalls das heiratsfähige Alter erreicht", setzte die Nachtigall ihre Erzählung fort, „und seine Gattin hatte ihm aufgetragen, für sie nach einem Ehemann Ausschau zu halten. Als er also Lira sah, entschied er, dass dieser Junge genau der richtige wäre, und machte sich daran, ihn fortzuführen."

„In dieser Nacht wurde Lira schrecklich krank, und war dem Tode sehr nahe. Als Yama aber kam, um ihn mitzunehmen, weinte Liroo bitterlich und versprach ihm alles zu geben, wenn er ihr nur Lira lassen wollte."

„Dann gib mir deine perlweißen Zähne", sagte Yama. „Denn die meiner Tochter sind gelb und ungleichmäßig. Hüte dich jedoch, jemandem davon zu erzählen, denn dann muss Lira auf der Stelle sterben. Wenn du aber dazu bereit bist, so lasse ich ihn noch ein Jahr leben."

„Gerne tu ich es", sprach Liroo und nahm all ihre Zähne aus dem Mund und übergab sie ihm. „Denn ein Jahr ist eine lange Zeit", dachte sie. „Und wir können in der Zwischenzeit heiraten."

„Also ging Yama davon, und Lira gesundete am nächsten Tag zu aller Freude und Verwunderung. Niemand wusste aber von dem Opfer, das die arme Liroo um ihren Geliebten willen gebracht hatte."

„Als Liroo in den Weiher baden ging und sah, wie hässlich sie ohne ihre Zähne aussah, setzte sie sich nieder und weinte."

„Wie kann ich jetzt erwarten, dass Lira mich

heiratet?“ klagte sie.

„Lira kam gelaufen, als er sah, dass sie weinte“, setzte die Nachtigall ihren Gesang fort. „fragte er sie, was geschehen sei. Sie jedoch gab ihm keine Antwort, denn sie hatte ja Yama versprochen, niemals auch nur ein Wort zu irgend jemandem zu sagen!“

„Sie wandte nur ihr Antlitz ab und erklärte ihrem Geliebten, er solle sich ein anderes Mädchen suchen, denn sie wäre für ihn zu hässlich geworden. Lira war furchtbar erschrocken, als er dies hörte, da er ja den Grund nicht verstehen konnte, und bat sie, ihm zu sagen, was geschehen war. Er nahm sie zärtlich in die Arme und versicherte ihr, dass sie so lieblich wie immer war, und er sie sehr liebte. Da hob Liroo langsam ihr Gesicht zu ihm empor, dass er ihren zahnlosen Mund sehen konnte.“

„Wie schrecklich!“ sagten die Zikaden. Und sie fingen alle auf einmal an zu zirpen.

„Ich muss euch nochmals alle bitten, still zu sein“, sagte die Nachtigall ärgerlich, „oder diese Geschichte wird niemals zu Ende erzählt.“ So schluckten die Zikaden also ihr Gezirpe hinunter und alle sagten „Psst“ und wieder war Ruhe eingekehrt.

„Lira war entsetzt, den Mund seiner Geliebten all seiner Zähne beraubt zu sehen“, sang die

Nachtigall. „Und da er glaubte, irgendein übler Zauberer hätte sie ihr weggenommen, streichelte er ihre Wangen und sagte, dass es ihm völlig gleich wäre, ob sie auch nur einen Zahn hätte. Für ihn wäre sie immer das selbe liebe Mädchen, das er liebte."

„Welch ein guter Junge!" flüsterte der Wind in den Nadelbäumen.

„Psst..." sagten alle zugleich. Da schwieg der Wind und die Nachtigall setzte ihre Erzählung fort.

„Die Tage vergingen, aber nun, da Liras Eltern sahen, dass Liroo auf irgendeine Weise all ihre Zähne verloren hatte und weder ihr Essen zu sich nehmen konnte wie immer oder so vergnügt wie zuvor an die Arbeit ging, entschieden sie, dass sie nicht gerade die passende Braut für ihren Sohn war. Und sie machten sich daran, ein anderes Mädchen zu suchen."

„Wie gemein von ihnen!" murmelte der Bach. Die Nachtigall nahm keine Notiz mehr davon, sie hatte sich inzwischen an solche Unterbrechungen gewöhnt.

„Da Lira aber schwor, dass er niemals ein anderes Mädchen heiraten würde, „fuhr sie fort, „mussten sie sich damit abfinden."

„Hört, hört!" sagte die versammelte Zuhörerschaft. Sie lebten nun alle völlig mit der Erzählung mit und nichts konnte sie mehr aufhalten.

„Das Jahr ging schnell vorbei“, sang die Nachtigall, „und wieder kam Yama und klopfte an die Tür, um den Jungen mitzunehmen. Und wieder weinte und flehte Liroo bitterlich und versprach ihm alles zu geben, was er wollte, wenn er nur ginge und ihren Liebsten in Ruhe ließ.“

„Dann gib mir dein Haar“, sagte Yama. „Denn das Haar meiner Tochter ist schon ziemlich glanzlos und sie wird sich über deines freuen.“

„Gerne“, sagte Liroo. „Und ließ den Gott des Todes all ihr Haar fortnehmen.“

„So durfte Lira also am Leben bleiben. Liroo war aber zum hässlichsten Mädchen im Dorf geworden. Und als sie sich selbst im Wasser des Weihers erblickte, schrie sie laut auf und lief davon, in den Wald. Lira und das ganze Dorf suchten alles nach ihr ab, vergeblich, sie war verschwunden.“

„Der Junge, der seine Liebste verloren hatte, wurde vor Gram und Verzweiflung halb verrückt. Er verweigerte das Essen und wurde so mager, dass seine Eltern glaubten, er werde sterben. Sie sandten ihre Freunde in entfernte Städte und Dörfer, um ihm die schönsten Mädchen zuzuführen, er jedoch wandte sich voll Abscheu von ihnen ab und wollte sie nicht einmal ansehen."

„Das ist wahre Liebe!" seufzte der Mond. „Ich frage mich, ob ich wohl jemals jemanden finden werde, der mich ebenso aufrichtig liebt!"

„Warum nicht?" sprach die Wasserlilie, die eben erst ihre Blütenblätter geöffnet hatte und schon in den Neumond verliebt war. „Wenn du mich nur erwählen würdest, ich wäre geehrt, deine Gattin zu werden."

„Wenn ihr also damit fertig seid, euch Ehegatten auszusuchen, dann kann ich wohl mit meiner Geschichte fortfahren", sagte die Nachtigall.

„Auf jeden Fall", sagten alle zusammen. „Denn wir sind ganz darauf versessen zu hören, was weiter geschah."

„Wieder war das Jahr vergangen", sang die Nachtigall, „und Yama kam abermals, um den Jungen mitzunehmen. Diesmal war aber keine Liroo da, um ihn zu retten. So führte er den Jungen in seiner schwarzen Kutsche mit den prächtigen vier schwarzen Pferden fort. Immer weiter und weiter hinab ging die Fahrt, geradewegs ins Herz der Erde, wo Yama seinen Palast aus schwarzem Marmor hatte. Und tausende seiner Bewohner kamen, um ihn zu empfangen."

„Unter ihnen befanden sich natürlich auch Yamas Gemahlin und seine Tochter." sagte die Nachtigall. „Als die Tochter aber sah, welch ein Schreckgespenst von einem Mann ihr Vater ihr gebracht hatte, anstelle des hübschen Jungen, den er ihr versprochen hatte, wurde sie furchtbar böse."

„Stellst du dir das unter einem gutaussehenden Mann vor?" fragte sie Yama. „Nimmst du denn keine Rücksicht auf meine Gefühle?"

„Aber er sah nicht so aus, als ich ihn das erste mal sah", erklärte ihr Vater. „Allein durch die Trennung von seiner liebsten Liroo, die so bereitwillig ihre Zähne und ihr Haar gegeben hatte, so dass er noch zwei weitere Jahre leben konnte, ist er so hässlich geworden!"

„Du Narr hättest ihn damals mitnehmen sollen, anstatt auf das Gejammer dieses dummen Mädchens zu hören", sagte seine Frau. „Jetzt kannst du ihn wieder dorthin bringen, wo er hingehört, denn ich könnte niemals den Anblick eines solchen Schwiegersohns in meinem Hause ertragen."

„Und nimm auch gleich dies mit", sagte die Tochter und warf ihrem Vater die Zähne und die Haare hin, die er ihr gebracht hatte. „Sie passen mir überhaupt nicht, ohne sie sehe ich viel besser aus."

„Wie wunderbar!“ sagten die Grillen da. „Nun erzähl uns schnell das Ende, denn der Tag bricht bald an und du wirst aufhören zu singen.“

„Nun gut, dann seid jetzt um Himmels willen still und hört zu“, sagte die Nachtigall.

„Yama brachte also den armen Jungen wieder zurück in sein Dorf, warf ihm Liroos Haar und Zähne hin und ging davon. Lira, der glaubte, geträumt zu haben, wachte erschrocken auf. „Wo kann ich nur gewesen sein?“ fragte er sich selbst. „Wenn es nur ein Traum war, wo kommen dann die Haare und Zähne meiner geliebten Liroo her?“ Er lief hinaus in den Wald, rief nach ihr, und bat sie zu ihm zurückzukommen, denn jetzt wusste er die ganze Geschichte und hatte auch ihr Haar und ihre Zähne zurückgebracht.“

„Die Sperlinge, die ihn hörten, brachten die Botschaft ins Herz des Waldes, wo sich Liroo verbarg, und baten sie, zu ihm zurückzukehren. Und sie kehrte zurück - geradewegs in seine Arme.“

„Hurrah!“ jauchzten da alle. Und umarmten einander vor Freude. Die Wasserlilie umarmte den Mond und sagte ihm wie glücklich sie war, dass er weder Zähne noch Haare hätte, denn was wäre nur, wenn sie jemand wegnehmen wollte?!“

„Und was ist weiter geschehen“, fragte der Wind, dem es langweilig wurde, in den Nadelbäumen zu warten.

„Nun, Lira gab seiner Geliebten die Zähne und Haare zurück, und sie war wieder so hübsch wie immer. Bald darauf heirateten sie, und wenn sie nicht gestorben sind, dann leben sie noch heute.“

„Genau das werden auch wir bald tun, nicht wahr?“ sagte der Neumond und nahm die Wasserlilie in die Arme.

„Wenn du es willst“, flüsterte die Lilie scheu.

Und alle, die es hörten, wünschten ihnen alles Glück der Welt.

Karims Geschichte

Es war Brauch im Dorf Moondi, sich an den kalten Winterabenden um ein offenes Feuer zu scharen und einander Geschichten zu erzählen. Dies ist die Geschichte, die Karim, der Sohn des Gemüsehändlers, erzählte.

Es waren einmal zwei Männer, die einen Spaziergang am Meeresstrand machten, als sie eine Auster fanden und darüber einen Streit anfingen. „Ich habe sie zuerst gesehen“ rief der eine Mann. „Mir gehört sie also.“

„Aber ich habe sie aufgehoben“, sagte der andere. „Also darf ich sie behalten.“

Als sie so stritten, kam zufällig ein Anwalt des Wegs entlang, und beide entschlossen sich, ihn zu bitten, den Streit zu schlichten.

„Gelehrter Herr“, sagte der erste Mann. „Wir gingen beide eben an diesem Strand entlang, als ich diese Auster sah. Mein Freund aber war schneller als ich und hob sie auf, und nun weigert er sich, sie mir zu geben. Würden Sie ihn bitte überzeugen, dass sie mir gehört?“

„Damit bin ich nicht einverstanden“, sagte der zweite Mann. „Ich habe sie aufgehoben, also darf ich sie auch behalten.“

Der Anwalt war ein kluger Mann, wie

Anwälte das so an sich haben, und er fand bald einen Weg, den Streit zu schlichten. Zuerst aber sagte er zu ihnen. „Ihr müsst meine Entscheidung akzeptieren, wie immer sie auch ausfallen mag. Wenn nicht, tragt ihr euren Fall besser an anderer Stelle vor."

„Auf jeden Fall werden wir Ihre Entscheidung akzeptieren", sagten beide Männer zugleich.

„Es scheint, als hättet ihr beide einen Anspruch auf diese Auster, so werde ich sie gerecht zwischen euch aufteilen, fuhr der Anwalt fort. „Dann werdet ihr völlig zufrieden sein."

Kaum hatte er diese Worte gesprochen, öffnete er die Auster, und bevor noch einer der Männer etwas sagen konnte, hatte er auch schon den Inhalt hinuntergeschluckt. Mit sehr ernsthafter Miene händigte er sodann jedem der Männer eine leere Schale aus.

„Aber jetzt haben Sie die Auster gegessen", sagte der erste Mann.

„Jawohl", sprach da der Anwalt. „Das war mein Honorar für die Entscheidung in diesem Fall. Das, was übrig geblieben ist, habe ich aber fair und gerecht aufgeteilt."

Ihr könnt sicher sein, dass die beiden Männer daraufhin völlig niedergeschmettert waren, es gab aber nichts, was sie tun konnten. Die Lehre, die sie daraus zogen, war, nie wieder zu streiten. Und jeder von ihnen ging seiner Wege.

Abdulla und die kleine braune Flasche

Abdulla hatte einen Trödelladen an einer Straßenkreuzung in Jalalabad. Dort gab es alle Arten von Flaschen, Schächtelchen, Vasen und allerlei anderen Krimskrams, den die Menschen in der Stadt von Zeit zu Zeit weggeworfen hatten.

Das einzige Mobiliar bestand aus einem alten Tisch, dessen Marmorplatte zwar schon längst verkauft worden war, der aber mit zwei darüber genagelten Brettern immer noch brauchbar war, und einem Sessel, dem ein Bein fehlte, der jedoch immer noch verwendet werden konnte, wenn man ihn gegen die Wand lehnte. Diese Möbel hatte Abdulla für jene Kunden reserviert, denen er nicht zumuten konnte, sich auf die Matte am Boden zu setzen.

Tag für Tag brachten die Leute alle möglichen Sachen zum Verkauf, nur wenige aber kamen, die etwas kaufen wollten. So wurde Abdulla immer ärmer und ärmer, während der ganze Trödel sogar schon den Fußweg überflutete.

Eines Tages im April, als die Hitze so schlimm war, dass die Leute ganz nah entlang der Mauer gingen, um sich in ihren spärlichen Schatten zu drücken, saß Abdulla auf der Türschwelle und fächelte sich mit einem Stück Pappe Kühlung zu. Da trat plötzlich ein alter Mann auf ihn zu, der eine kleine braune Flasche in der Hand hielt. Er sah ganz wie ein Bettler aus, denn seine Kleider waren schmutzig und zerrissen, sein Haar struppig und die Bartstoppeln auf seinem Kinn verliehen ihm ein grimmiges Aussehen.

„Wieviel gibst du mir für dieses Fläschchen?" fragte er Abdulla und reichte ihm die Flasche.

Abdulla nahm die Flasche und rollte sie auf seiner Handfläche hin und her, dann gab er sieh dem Bettler rasch zurück und sagte, „Ich fürchte, sie ist gar nichts wert, mein Freund. Ich habe Dutzende davon, die niemand kaufen will." Als er aber sah, dass der Bettler von diesen Worten sehr verletzt war und er ein weiches Herz hatte, zog er seine letzte Banknote hervor und gab sie dem Mann mit den Worten: „Hier ist etwas, das dir für eine Weile helfen wird, und danach möge Allah mit dir sein."

Der Bettler nahm das Geld dankbar entgegen, drückte Abdulla das Fläschchen in die Hand und ging davon.

Bald danach, als ihm Fatima, seine Ehefrau, das Essen brachte, erinnerte sich Abdulla des armen Bettlers, der eben erst fortgegangen war, und lief ihm auf die Straße nach, um ihn einzuladen sein Mahl mit ihm zu teilen. Wo immer er ihn aber auch suchte, und obgleich er alle seine Nachbarn fragte, von dem alten Mann war jede Spur verschwunden. Die Leute, die er auf der Suche nach ihm fragte, schüttelten aber den Kopf und dachten, die Hitze hätte dem armen Händler zugesetzt, so rieten sie ihm nur, sich um sein Geschäft zu kümmern anstatt jemanden zu suchen, der niemals hier vorbeigekommen war.

Abdulla war darüber sehr verärgert, da er wusste, dass er nicht geträumt hatte - in seiner Hand lag die kleine braune Flasche als Beweis, dafür, dass der Mann tatsächlich hier gewesen war. Schließlich gab er die Suche auf und kehrte heim, um sein karges Mahl einzunehmen.

Ein Weilchen später, nachdem seine Frau gegangen war, saß er wieder auf der Türschwelle und untersuchte die Flasche aufmerksam. Sie hatte ein rotes Etikett, auf dem folgendes zu lesen war:

„Füll' mich mit Wasser und schüttle mich fein,
trinke mich aus und gesund wirst du sein.
Doch erzähl keiner Seele was ich vermag,
denn furchtbar bereuen würdest du diesen Tag."

Abdulla lachte herzlich und sprach zu sich

selbst: „Wenn alle Krankheiten so einfach geheilt werden könnten, gäbe es keine kranken Menschen mehr auf dieser Welt."

Er lachte immer noch, als ein armer, lahmer Junge vorbeikam, um eine leere Kerosindose von ihm zu kaufen. Abdulla dachte, dies wäre eine gute Gelegenheit, den Zauber der Flasche zu erproben und sprach: „Ich gebe dir die Dose um den halben Preis, wenn du dafür ein wenig Wasser aus dieser Flasche trinkst." Der Junge war zwar überrascht von diesem seltsamen Wunsch, der Gedanke, die Hälfte seines Geldes für andere Dinge sparen zu können, gefiel ihm jedoch ganz außerordentlich, und so stimmte er bereitwillig zu.

Abdulla ging in sein Geschäft und kehrte, nachdem er genau den Anweisungen auf der Flasche gefolgt war, mit einem Becher zurück, den er mit dem Wasser aus der Flasche gefüllt hatte. Der Junge leerte den Becher in einem Zug. „Wenn Dein Bein morgen besser ist", sagte Abdulla zu ihm, „dann komm und trink noch mehr davon."

Der Junge ging glücklich und zufrieden davon und Abdulla lächelte vor sich hin bei dem Gedanken über sein eigenes seltsames Gebaren.

Am nächsten Tag öffnete Abdulla sein

Geschäft schon sehr zeitig und wartete ungeduldig, dass der Junge zurückkam, denn er war sehr neugierig, ob der sogenannte Zauber der Flasche tatsächlich gewirkt hatte. Es sollte aber schon fast Mittag werden, bevor er ihn in Begleitung einer alten Frau, die ein Kind in den Armen trug, kommen sah.

„Möge Allah dich tausendfach dafür segnen, Herr, dass du meinen armen Sohn geheilt hast", sagte die Frau, „und da du ein so wundervoller Hakim, Arzt, bist, habe ich auch meine jüngste Tochter zu dir gebracht, die unter heftigen Fieberanfällen leidet."

Abdulla bat die Frau sich zu setzen, betrat sein Geschäft, bereitete wieder in der vorgeschriebenen Weise das Wasser in der Flasche zu und brachte es der Frau. Die Frau ließ ihr krankes Kind davon trinken und ging mit vielen Segenssprüchen für Abdulla wieder weg. Auch der Junge dankte Abdulla immer und immer wieder und sprang vor Freude über seine wieder gewonnene Kraft in seinen Beinen.

Das Wunder sprach sich schnell herum und jeden Tag kamen immer mehr Leute zu dem Trödelladen geströmt. Die Reichen legten Abdulla Geld und Juwelen zu Füßen, so dass er nun reich genug war, sich eine richtige Apotheke anzuschaffen, was er auch bald tat.

Sein Weib jedoch war nicht mit diesen Veränderungen zufrieden und lag ihm Tag für Tag in den Ohren, doch mehr Geld für seine Heilungen zu verlangen. Sie wollte auch zu gerne wissen, wie Abdulla es schaffte, alle diese Leute allein mit einigen Löffeln Wasser zu heilen. Und so quälte sie ihn trotz seiner Proteste jeden Tag aufs Neue, ihr doch endlich sein Geheimnis zu verraten.

Als ihr schließlich klar wurde, dass sie die Wahrheit nie von ihm erfahren würden, beschloss sie, eine List anzuwenden. Sie erzählte ihm, dass sie ihren Bruder besuchen wollte, der nach ihr geschickt hatte, verabschiedete sich von ihm und verließ das Haus durch die Vordertüre, nachdem sie den Hintereingang wohlweislich entriegelt hatte. Heimlich schlich sie sich dann durch eine Gasse zur Hintertüre und beobachtete durch einen Spalt wie Abdulla seiner Arbeit nachging. Und als er gerade mit seinen Patienten im Vorraum beschäftigt war, schlüpfte sie leise herein, untersuchte die Flasche und stellte sie wieder zurück, nachdem sie das Schildchen darauf gelesen hatte.

In diesem Moment verlor die Flasche jedoch ihre magischen Kräfte. Der arme Abdulla war völlig verwirrt, als er herausfand, dass sie niemanden mehr heilte.

Jene, die ihn vorher gesegnet hatten, begannen nun, ihn zu beschimpfen und zu verfluchen. Und obwohl er nie auch nur eine Münze von ihnen verlangt hatte, warfen sie ihm jetzt vor, er hätte sie berauben wollen.

Schließlich schleppten sie ihn sogar vor den Richter und beschuldigten ihn, schwarze Magie betrieben und das Leben der Menschen, die zu ihm gekommen waren, zerstört zu haben. Am Ende wurde er ins Gefängnis geworfen, wo er auf die Gerichtsverhandlung wartete. Vergeblich beteuerte der arme Mann seine Unschuld, niemand mochte ihm glauben.

Als er schließlich vor Gericht gestellt wurde, sprachen alle Beweise gegen ihn und man wollte ihn gerade zu einem langen Aufenthalt im Kerker verurteilen, als ein alter Bettler aus der Menge trat und den Richter bat, ihm einige Minuten zu gewähren.

Er versicherte dem Gericht, dass Abdulla völlig unschuldig wäre und zum Beweis bat er darum, dass ihm die kleine braune Flasche übergeben werden.

Er flüsterte einige Zauberformeln in die Flasche und überreichte sie dann Abdulla, der sie wie zuvor mit Wasser füllen sollte.

Ein blinder alter Mann wurde von der Straße in den Gerichtshof gebracht und Abdulla erhielt

Wasser und einen Becher.

Abdulla wandte sich von den Leuten ab, füllte wie üblich Wasser in die Flasche, schüttelte sie und gab das Wasser dem Blinden zu trinken.

Und siehe da! Zum Erstaunen des gesamten Gerichtshofs fand das Wunder abermals statt.

Abdulla wurde unter den Jubelrufen aller Anwesenden auf freien Fuß gesetzt. Als er den Gerichtshof verließ, trat der alte Bettler auf ihn zu und Abdulla dankte ihm überschwänglich für seine Rettung. Der alte Mann lächelte jedoch nur und bat um die kleine braune Flasche, denn nun, da alle ihr Geheimnis kannten, hatte sie ihre Wirkung verloren.

Abdulla kehrte zornig zu Fatima heim und sagte „Und was dich betrifft, Frau, hättest du deinem Mann nicht einen so üblen Streich gespielt, so hättest du bis an dein Lebensende wie eine Prinzessin leben können und mein Name wäre in einem Atemzug mit denen der größten Heiler der Geschichte genannt worden. Laß dir das eine Lehre sein, in Zukunft meine Wünsche zu respektieren."

Abdulla ging wieder in seinen Laden zurück und verkaufte weiterhin seinen Trödel - ein bisschen trauriger und ein bisschen weiser. Die Leute in Jalalabad aber sollten immer nur mit größter Hochachtung und Liebe von ihm sprechen.

Glück zu verkaufen

Dort, wo die sieben Straßen in einer Stadt in Bihar zusammentreffen, kam eines Tages ein Reisender mit seinem Diener und errichtete sein Zelt im Schatten eines Pipal-Baumes. Am nächsten Tag stellte er ein Schild auf, auf dem groß geschrieben stand: „Glück zu verkaufen. Findet Euer Glück für eine Rupie."

Die Bewohner der Stadt waren natürlich sehr erstaunt, solches zu lesen. Denn davon, dass Gemüse zum Verkauf stand, auch Früchte und Körner, Häuser und Felder und was sonst alles unter der Sonne, davon hatten sie schon gehört, aber noch nie, nein noch niemals in ihrem Leben oder dem ihrer Vorväter hatten sie gehört, dass man sich Glück kaufen konnte. So schüttelten sie nur voller Zweifel den Kopf und versicherten einander, dass ein solcher Mann sie niemals betrügen könne.

Wer kann aber schon der Versuchung widerstehen, sein Glück zu erproben? Noch dazu für nur eine Rupie! So huschten eben dieselben Leute heimlich ins Zelt, wenn ihre Nachbarn anderweitig beschäftigt waren.

Der Händler behandelte sie mit großer Hochachtung, und nachdem er ihnen ihr Geld abgenommen hatte, hieß er sie diesen oder jenen Weg entlang zu gehen, dieses oder jenes Haus zu betreten, wo auf den jeweiligen sein besonderes „Glück“ warten sollte.

Natürlich war das alles nur Betrug. Und der einzige, der wirklich sein Glück dabei fand, war der Händler, der die Leute um ihr Geld betrog und so immer reicher wurde.

Da wurden die Leute zornig und beschlossen, ihm eine Lehre zu erteilen. Einer von ihnen verkleidete sich als Fürst und betrat so das Zelt des Händlers. Der Händler behandelte ihn mit höchster Achtung und bot ihm an, bei der Suche nach seinem Glück behilflich zu sein.

Der Fürst entgegnete, dass er durch die Gnade Gottes schon vor sehr langer Zeit sein Glück gefunden hätte und in großem Wohlstand lebte. Da er aber gesehen hatte, wie viel Wohltaten der Händler den armen Menschen in der Stadt gebracht hätte, so war er gekommen, um ihn in sein Haus einzuladen, wo er ihm zu Ehren ein Festmahl geben wollte.

Der Händler war schier überwältigt von so viel Güte, dass er die Einladung mit großer Freude annahm und sich mit seinem Diener unverzüglich auf den Weg zum Heim des Fürsten machte, das nicht weit entfernt war.

Der sogenannte Fürst führte seine Gäste auf

die Terrasse des Hauses und gebot seinen Dienern Wasser zu bringen, um die Füße seiner Gäste zu waschen. Kaum waren die Diener mit diesem Dienst fertig, ertönte ein Schrei von der Straße herauf: „Feuer! Feuer!“, schrieen die Leute und rannten so schnell sie konnten.

„Wo brennt es denn?“ fragte der Fürst.

Die Diener beugten sich über die Mauer der Terrasse. „Es scheint ganz in der Nähe des Zeltes unseres verehrten Gastes zu brennen“, sagten sie.

„Was!?“ erschraken die beiden Gäste und stürzten zur Mauer, um sich von diesen Worten zu überzeugen. Und wirklich war es ganz so, wie die Diener es befürchtet hatten.

„Oh weh, oh weh, mein Zelt brennt! Was sollen wir nur machen!“ rief der Händler und schlug vor Verzweiflung den Kopf gegen die Wand. „Darin war all mein Glück!“

Als er die Verzweiflung seiner Gäste sah, befahl der Fürst seinen Dienern hinunter zu laufen und so gut wie möglich das Feuer löschen zu helfen. Dann wandte er sich an den Händler und legte ihm schwer die Hand auf die Schulter. „Hab keine Angst um Dein Glück, mein Freund. Es steigt nur als Rauch in den Himmel empor, um dort auf Dich zu warten. Du wirst es sicherlich ebenso leicht finden wie all die Leute, die auf der Suche danach zu Dir gekommen sind. Und nun lasst uns mit dem Fest fortfahren, denn ich bin hungrig." Sprach's und führte seine Gäste ins Haus. Diese jedoch hatten ihren Appetit verloren und brachten nicht einen Bissen hinunter. Der Händler hatte begriffen, dass man ihm einen üblen Streich gespielt hatte, aber was konnte er dagegen tun oder sagen? Hatte er es nicht verdient, nachdem er so viele Menschen betrogen hatte?

So stand er schweigend auf und ging, von seinem Gehilfen gestützt, davon.

Die beiden Schwestern

In einem Dorf lebte einmal ein reicher Mann, der hatte zwei Töchter. Sudha, die Tochter seiner ersten Frau, war unscheinbar, hatte eine dunkle Haut und kein besonders hübsches Gesicht, doch jedermann liebte sie, denn sie hatte ein liebreizendes Wesen. Die Tochter seiner zweiten Frau, Suniti, war zwar sehr hübsch, doch nicht beliebt, denn sie mochte niemanden außer sich selbst.

Als die Mädchen heranwuchsen, zankte Suniti fortwährend mit ihrer Schwester, und eines Tag war es so schlimm, dass die arme Sudha aus dem Haus lief und sich in ein Feld setzte, wo sie herzzerreißend weinte und schluchzte. Ein Hase, der das Weinen hörte, kam aus seinem Bau und fragte, was denn die Ursache ihres Schmerzes sei. Sudha erzählte ihm alles und er war voller Mitleid mit ihr. „Trockne deine Tränen, kleines Mädchen und komm mit mir ins Königreich der Unterwelt. Die Prinzessin, die dort herrscht, ist sehr freundlich und gütig, und wenn du ihr gefällst, dann wird sie dir erlauben, etwas mitzunehmen, das dein ganzes Leben verändern wird."

Sudha dankte dem Hasen von Herzen. Sie

hielt sich an seinem kleinen Schwanz fest und beide krochen in seinen Bau hinein und folgten dem Gang weiter und weiter, bis sie an ein verschlossenes Eisentor kamen. Der Hase klopfte dreimal an das Tor und siehe da, es wurde von dem Torhüter geöffnet, der den Hasen sehr gut zu kennen schien, denn er verbeugte sich tief und sprach: „Seid herzlich willkommen im Reich der Unterwelt."

Sudha verabschiedete sich von dem freundlichen Hasen, der sie nicht weiter begleiten wollte, ihr aber versprach, bei ihrer Rückkehr an diesem Tor auf sie zu warten.

Zu ihrer Überraschung fand sich Sudha in einem Palast wieder, wo die Sonne hell schien und Blumen in den schönsten Farben glücklich im Wind tanzten. Sie war so sehr erfüllt von der sie ringsum umgebenden Schönheit, dass sie alle ihre Sorgen vergaß und sich einfach nur glücklich fühlte. Die Prinzessin trat heraus um das Mädchen zu begrüßen, ganz so, als hätte sie schon von dessen Kommen gewusst und fragte, ob Sudha bereit wäre, eine kleine Arbeit für sie zu verrichten.

„Gerne, Hoheit", entgegnete Sudha. „Gerne mache ich alles, was ihr von mir zu tun verlangt."

„Dann sieh doch bitte nach meinen Kühen,

Hennen und Katzen, denn ich kann niemanden finden, der sie mit genug Liebe behandelt."

Sudha war entzückt von dieser Arbeit, denn sie liebte alle Tiere und freute sich, ihnen helfen zu können. Wenn das alles war, was die Prinzessin von ihr wünschte, dachte sie, dann würde ihr die Arbeit hier viel Spaß machen. Und schon rannte sie in den Kuhstall und streichelte die weiß-braun gefleckten Kühe. „Ihr müsst hungrig sein, meine Schönen", sprach sie mit ihnen, „ich werde euch Heu und frisches Wasser bringen. Dann werde ich sauberes Stroh am Boden verteilen, damit ihr darauf liegen könnt."

„Danke, kleines Mädchen", muhten die Kühe und waren so erfreut, dass sie ihr viel mehr Milch gaben als jedem anderen Diener des königlichen Haushaltes. Dann, als Sudha mit dem Melken fertig war, und alles angenehm für die Kühe hergerichtet hatte, kamen ein halbes Dutzend Katzen und schnurrten und rieben sich an Sudhas Sari. „Wir sind so durstig, gib uns doch Milch."

„Meine armen kleinen Kätzchen, natürlich sollt ihr eure Milch haben", sagte Sudha und füllte ihnen die Schälchen mit frischer Milch. Bald hatten die Katzen die Milch ausgeleckt und rollten sich zu einem Schläfchen zusammen.

Darauf ging Sudha in den Lagerraum, um nach dem Korn zu sehen und all die Hennen liefen hinter ihr her und gackerten aufgeregt „Wir wollen unser Korn“, riefen sie, „vergiss uns bitte nicht!“.

„Ihr armen kleinen Lieblinge“, sagte Sudha und warf ihnen eine gute Handvoll Korn auf den Boden. Die Hennen beeilten sich das Korn aufzupicken und flatterten dankbar mit den Flügeln. Und sie gaben Sudha mehr Eier als sonst, die sie zur Prinzessin brachte. Diese war so sehr angetan von Sudha, dass sie sie gar nicht mehr fortlassen, sondern für immer bei sich behalten wollte. Sudha dankte der Prinzessin herzlich, allein sie fürchtete den Zorn ihrer Stiefmutter, und bat um die Erlaubnis, nach Hause zurückkehren zu dürfen, denn sollte ihre Abwesenheit auffallen, so würde sie dafür sehr gescholten werden.

„Wenn das so ist“, sprach die Prinzessin, „so darf ich dich nicht länger aufhalten. Ich möchte dir jedoch ein Geschenk mitgeben, als Belohnung dafür, dass du mir so gute Dienste geleistet hast. Geh in mein Zimmer, wo du verschiedene Kassetten auf dem Tisch finden wirst. Such dir eine aus und bring mir jene, die dir am besten gefällt.“

Sudha betrat das Gemach der Prinzessin und

ganz so, wie ihr diese gesagt hatte, fand sie mehrere Kassetten auf einem wunderschönen Tisch, der mit Perlmutt-Einlegearbeiten verziert war. Da waren Kassetten aus Jade und Elfenbein, aus Korallen, Sandelholz und Marmor. Und alle waren mit kostbaren Steinen verziert, die sie wie aus vielen Augen anfunkelten. Sudha war überzeugt davon, dass alle diese Kassetten Juwelen enthielten, auf die sie kein Recht besaß, auch wenn die Prinzessin es ihr erlaubt hatte. Und was hatte sie schon Großes dafür geleistet, außer einen Tag lang ihre Haustiere versorgt zu haben? So wählte sie eine ganz einfache Holzschachtel, die unter den anderen versteckt war, und die nicht einmal ein bisschen hübsch aussah. Dann kehrte sie wieder zur Prinzessin zurück und reichte ihr die Schachtel. Die Prinzessin war sehr erstaunt ob ihrer Wahl. „Weshalb hast du nur diese gewählt, wo doch so viel schönere dort liegen?“

Sudha jedoch versicherte ihr, dass sie sehr zufrieden mit ihr Wahl war, verabschiedete sich von der königlichen Hoheit und ihren Tieren und kehrte zum Tor zurück. Dort wartete, wie versprochen, der Hase auf sie, und sie hielt sich wieder an seinem Schwanz fest, während sie einem Gang folgten, der ganz in der Nähe ihres Hauses mündete. Sudha dankte dem Hasen von ganzem Herzen und lief heim so schnell sie konnte. Ihre Stiefmutter war so sehr damit beschäftigt, Küchlein zu backen, dass sie nicht einmal aufsah, als Sudha ängstlich das Haus betrat. Ihre Schwester jedoch sah die Schachtel, die sie in der Hand hielt und griff sofort danach. „Woher hast du das?“ fragte sie. Sudha erzählte ihr alles, was geschehen war und Suniti öffnete hastig die Schachtel, wo sie einen wunderschönen Diamantring fand, den sie sich sogleich an den Finger steckte. Auch ihre Mutter kam herüber, um sich den Ring anzusehen und zum ersten Mal war Sie mit Sudha zufrieden.

Kaum jedoch hatte Suniti den Ring angesteckt, als eine große Wandlung in ihr vorging. All die Härte und Selbstsüchtigkeit in ihrem Herzen schmolz wie von Zauberhand dahin, sie umarmte ihre Schwester liebevoll und sagte: „Meine liebe Schwester, wie freundlich von dir, mir dieses wunderbare Geschenk zu geben! Aber ich kann es nicht annehmen, denn es gehört nur dir allein, und nichts wird mich glücklicher machen, als den Ring an deiner Hand zu sehen.“ So sprach sie und gab den Ring an Sudha zurück, deren Freude über die Veränderung in ihrer Schwester keine Grenzen kannte. Und die beiden Mädchen lebten fortan in Frieden und Harmonie miteinander und blieben einander bis an ihr Lebensende in schwesterlicher Liebe zugetan.

Die türkisfarbene Rose

Madhupushpa war die Tochter eines Königs und lieblich wie die Morgenröte, die sich gleich einer goldenen Rose jeden Morgen aufs neue öffnet. Sie hatte weder Brüder noch Schwestern, und ihr Vater liebte seine einzige Tochter so sehr, dass er nicht ertragen konnte, ohne sie zu sein. So folgte die junge Prinzessin ihrem Vater überallhin, und lernte all die Kunstfertigkeiten, die auch er beherrschte. Sie war eine vortreffliche Reiterin und spannte den Bogen ebenso geschickt wie irgendeiner der Bogenschützen ihres Vaters, nur mit weit größerer Anmut.

Eines Tages war sie wie gewöhnlich auf der Jagd, als ihr Pferd plötzlich scheute, sich aufbäumte und wild davon galoppierte, als hätte es einen Tiger erblickt. Vergeblich versuchte die Prinzessin das Pferd zu zügeln, es galoppierte nur noch schneller und wäre beinahe mitsamt der Prinzessin in eine tiefe Schlucht gestürzt, hätte nicht der Sohn eines Holzfällers sein eigenes Leben riskiert, um es zum Stehen zu bringen.

„Du hast mein Leben gerettet“, sprach die Prinzessin, nachdem sie sich von dem

Schrecken erholt hatte. „Worum immer du mich bittest, mein Vater wird es dir gewähren."

„Holde Dame", sprach da Ramakaran, des Holzfällers Sohn, „ich bin nur ein armer Mann, der sein Leben damit fristet, Holz zu fällen und es in der Stadt zu verkaufen. Wie könnte ich es wagen, von einer Dame, so schön und hochwohlgeboren, wie ihr es seid, etwas zu erbitten."

„Fürchte dich nicht, deinen Wunsch auszusprechen, mein guter Holzfäller", antwortete die Prinzessin. „denn wäre ich heute ums Leben gekommen, so hätten meine Eltern ihr einziges Kind verloren und das Königreich seine Prinzessin."

Da begriff Ramakaran, dass die schöne Dame vor ihm die Prinzessin war, von der er schon so viel gehörte hatte, und nicht die Tochter eines Edelmannes, wie er gedacht hatte. Er fiel vor ihr nieder und sagte: „Edle Dame, eurem demütigen Sklaven verlangt nur, Euch zu dienen. Befielt und ich werde euch mein Leben zu Füßen legen."

Darüber war die Prinzessin so glücklich, dass sie ihn mit sich nahm zum Palast ihres Vaters. Dort erzählte sie ihrem lieben Vater, was ihr widerfahren war und bat ihn um Erlaubnis, diesen mutigen Mann als ihren Leibwächter zu behalten. Gerne gewährte der König diese Bitte.

Die Tage und Monate vergingen, und jeden Tag, den sie beisammen waren, wuchs die Liebe zwischen Madhupushpa und Ramakaran. Einer stand dem anderen stets mit Hilfe und Rat zur Seite. Und schließlich kam der Tag, als Ramakaran nicht mehr seine Liebe zur Prinzessin zu verbergen vermochte und mit ihrem Einverständnis fasste er sich ein Herz und bat den König um ihre Hand.

Der König war darob so erzürnt, dass er Ramakaran auspeitschen und ins Gefängnis werfen lies.

Als die Prinzessin davon hörte, wurde sie von grenzenloser Trauer erfasst und sie verweigerte jede Nahrung, so lange, bis man ihr den Liebsten wieder zurückgebe.

Wie man sich wohl denken kann, war dieser Wunsch weit davon entfernt, ihrem Vater zu gefallen, aber was sollte er tun? Wenn sein einziges Kind starb, so wäre damit auch sein Leben zu Ende gewesen. So musste er also nachgeben. Aber er tat es mit einem schweren Herzen. Da hatte die Königin einen Einfall. „Wir werden von ihm verlangen, uns eine türkisblaue Rose zu bringen“, sprach sie, „und sollte er nicht binnen Jahresfrist zurückgekehrt sein, so hat er sein Leben verwirkt.“

„Eine türkisblaue Rose!“ rief da der König. „Davon habe ich noch nie gehört. Wenn eine solche Blume existiert, wie kommt es, dass mein Gärtner sie noch niemals in unseren Palastgärten gepflanzt hat? Er weiß doch, wie sehr ich Rosen liebe!“

„Beruhige dich, mein edler Gemahl“, beschwichtigte ihn die Königin. „Eine solche Rose gibt es in der ganzen Welt nicht. Darum werden wir ihn ja auch bitten, sie uns zu bringen. Verlang das Unmögliche von ihm und er wird entweder beim Versuch umkommen, es zu erfüllen, oder mit leeren Händen zu uns zurückkehren. Dann können wir mit ihm verfahren, wie wir wollen. Die Prinzessin wird ihn sicherlich vergessen haben, sobald er aus ihren Augen verschwunden ist, und wenn das Jahr vorüber ist, werden wir sie an einen würdigeren Mann verheiraten.“

Der König war hocherfreut über diese Idee und rief Ramakaran zu ihm, um ihm mitzuteilen, unter welchen Bedingungen er seine Tochter zur Frau erhalten würde. Schließlich fügte er noch hinzu: „Du weißt sehr wohl, wie sehr ich Rosen liebe, und wenn dir Erfolg beschieden ist und du mir einen Rosenstock mit diesen wunderbaren Blüten bringst, so wirst du mein Herz über alle Maßen erfreuen und ich werde dir nicht nur meine Tochter zur Frau geben, sondern dich auch an meiner Statt zum König machen. Ich selbst werde mich in die Einsamkeit der Wälder zurückziehen und meine Tage mit Beten und Meditieren verbringen."

Als die Prinzessin dies hörte, war sie sehr unglücklich, fürchtete sie doch, dass ihr Geliebter niemals eine solche Rose finden und bei der Suche nach ihr sterben würde. So schwor sie, dass sie den Palast ihres Vaters verlassen und ihn suchen würde, sollte er nicht binnen eines Jahres zu ihr zurückgekehrt sein.

Ramakaran jedoch war voller Hoffnung und sprach ihr zu, frohen Mutes zu sein und jeden Tag für ihn zu beten. Da seine Liebe rein und echt war, fühlte er, dass er die Rose für den König finden und zu ihr zurückkehren würde. Gleich am nächsten Tag machte er sich auf den Weg. Madhupushpa jedoch begleitete ihren Vater nicht mehr auf die Jagd, sondern verbrachte all ihre Zeit im Gebet für ihren jungen Geliebten.

Nachdem er die Mauern der Stadt hinter sich gelassen hatte, kam Ramakaran in einen tiefen Wald, den er mit Eifer durchlief und jeden blühenden Baum und Busch nach der blauen Rose absuchte. Allein, er konnte nichts dergleichen finden. Und all die Leute, die er danach befragte, lachten ihn nur aus und hielten ihn für verrückt.

Nachdem er mehrere Tage gewandert war, kam er ans andere Ende des Waldes und fand sich am Fuße hoher Berge, die sich endlos weit vor ihm erstreckten. „Vielleicht wächst die Rose in diesen Bergen“, sprach er zu sich selbst und setzte seine Suche wieder fort. Vor Hunger und Müdigkeit war er schon so schwach, dass er nur schwer vorwärts kam, aber er achtete nicht darauf, sondern suchte unermüdlich weiter.

Er suchte dort, wo der Bach leise murmelnd seines Weges zog und dort, wo der Wasserfall in donnernden Kaskaden ins Tal hinabstürzte. Er suchte, wo die Winde auf den Gipfeln Fangen spielten und wo die Mondstrahlen auf den schlafenden Blüten ruhten. Er suchte unter den Bäumen, wo die Vögel ihre Nester bauten, und dort, wo das Sonnenlicht auf den Felsen und Steinen Verstecken spielte, aber nirgendwo fand er auch nur die Spur einer blauen Rose. Und die Leute, die er traf hielten ihn nur zum Narren und lachten ihn hinter seinem Rücken aus.

Einige rieten ihm, in den Süden zu gehen, nach Kap Comorin, und dann übers Meer zu setzen, nach Sri Lanka, denn dort, im Garten des Königs in Anuradhapuram, würde er die Rose sicherlich finden. Andere schickten ihn zum Fuße des Regenbogens, der sich über die perlenbesäten Wasser der Malediven erstreckte. Ramakaran jedoch war zu niedergeschlagen, um all diesen Ratschlägen zu folgen. Er dachte an Madhupushpa, die so viele Meilen von ihm entfernt war und weinte bitterlich, denn er war überzeugt, dass er sie niemals würde heiraten können. Als seine Tränen auf den Felsen fielen und die Erde und den Staub fortwuschen, sah er eine seltsame, blaue Maserung in dem Felsen, auf dem er saß. Er blickte sie lange an, dann kratzte er die Erde weg, um die Farbe besser sehen zu können. Und siehe da! Es war ein wunderschönes Blau. „Wenn diese Felsen an einigen Stellen blau sind, dann frage ich mich, ob nicht blaue Blumen ganz in der Nähe wachsen, die dieselbe Farbe haben." sprach er zu sich selbst. Er suchte die ganze Umgebung der Felsen ab und fand bald, wonach er gesucht hatte. In der Verheißung des Frühlings vibrierte die Erde förmlich unter seinen Füßen und alles war übersät mit wild wachsenden Blumen, von denen einige eine wunderbar türkisblaue Farbe hatten. Er wollte jedoch eine Rose, und in der ganzen Umgebung war keine zu finden. So suchte und suchte er und schließlich stieß er auf einen wild wachsenden Rosenstock. Vorsichtig grub er ihn aus und trug ihn zu den blauen

Felsen, wo er ihn einpflanzte. So wartete er dann Tag für Tag, um zu sehen, ob die Rosen, die von ganz gewöhnlichem Weiß waren, endlich die Farbe der blauen Felsen annahmen. Und nach einem Monat sorgfältiger und mühevoller Pflege begann der Rosenstock schließlich richtige blaue Blüten hervorzubringen. Ramakaran fiel bei diesem Anblick auf die Knie und dankte Gott, der ihn endlich zum richtigen Ort geführt hatte.

Als Ramakaran schließlich sicher sein konnte, dass die Rosen die gewünschte blaue Farbe hatten, grub er den ganzen Rosenstock abermals aus und packte ihn vorsichtig in einen Korb. Dann trat er seine lange Heimreise an.

Er hatten einen weiten Weg zurückzulegen und immer wieder hielt er an um Wasser zu suchen oder abzuwarten, bis die Sonne weniger stark herunter brannte. Nach vielen Tagen dieser geduldigen Reise erblickte er die Minarette seiner geliebten Stadt und erreichte noch am selben Tag die Stadttore.

Die Nachricht von seiner Rückkehr mit der Rose war ihm vorausgeeilt und so war die ganze Stadt auf den Beinen, um ihn willkommen zu heißen.

Auch der König war benachrichtigt worden und empfing Ramakaran auf seinem juwelengeschmückten Elefanten. Er hatte es längst bereut, den jungen Geliebten seiner Tochter auf diese Art fortzuschicken, denn er hatte sie durch nichts mehr bewegen können, ihn wie früher überallhin zu begleiten. So erfüllte ihn die Nachricht von Ramakarans Rückkehr mit großer Freude. Außerdem war er sehr begierig darauf zu erfahren, ob sein zukünftiger Schwiegersohn etwas gefunden hatte, das gar nicht existierte.

Ramakaran, der den Korb mit den Rosen auf dem Kopf trug, näherte sich dem König und stellte den Korb zu Füßen des Elefanten, der ihn vorsichtig mit dem Rüssel aufhob und dem auf seinem Rücken reitenden König reichte. Der König aber war so sehr über den Anblick der türkisblauen Rosen verblüfft, dass er vor lauter Staunen nicht einmal ein einziges Wort der Freude hervorbringen konnte.

Noch am selben Tag wurde ein großes Festmahl veranstaltet, und unverzüglich wurden alle Vorbereitungen getroffen, um die Hochzeit der Prinzessin mit Ramakaran zu feiern. Die Prinzessin selbst war über alle Maßen glücklich und im ganzen Land herrschte Jubel und Freude.

Nach der Hochzeit übergab der König die Sorge über sein Königreich seinen Kindern und wie er es versprochen hatte, zog er sich in den Wald zurück, um den Rest seiner Tage in Gebet und Meditation zu verbringen. Das Land blühte auf und es herrschte allerorts Wohlstand, denn Ramakaran hatte, ohne es zu wissen, in den Bergen eine Türkismine entdeckt und reiche Kaufleute aus aller Herren Länder reisten heran, um diese Steine zu erwerben.

Und bis zum heutigen Tage ist dies der einzige Ort, wo diese wunderbaren Rosen erblühen, und die Menschen kommen von nah und fern um staunend ihre Schönheit und einzigartige Farbe zu betrachten.

Dummi geht nach Poona

Dummi war ein armer kleiner Mischlingshund, der nur deshalb kein Aprilnarr wurde, weil er statt am ersten, am zweiten April zur Welt gekommen war. Bis zu seiner vierten Lebenswoche konnte seine Mutter sich nicht entscheiden, wie sie ihn nennen sollte, denn er war nicht wie die anderen Welpen, die man Rexi oder Bello, Fido oder Leo rufen konnte. Er war ein komischer kleiner Kerl, der immer irgendwie anderen Leuten in den Weg kam oder in die falsche Richtung lief. Und niemand konnte auch nur ahnen, was ihm wohl als nächstes einfallen würde.

Eines abends kam eine alte Freundin seiner Mutter zu Besuch, und kaum, dass sie ihn erblickte hatte, rief sie auch schon aus: „Was für ein komisches Kerlchen hast du denn da! Verzeih, wenn es ein wenig grob klingt, aber dein Junges scheint mir ein bisschen dumm zu sein.“

„Ich fürchte, du hast nicht ganz unrecht“, entgegnete die arme Mutter, fügte aber zu seiner Verteidigung hinzu: „Weißt du, es ist nicht wirklich seine Schuld, denn er gerät ganz seinem Vater nach und der war nicht ganz richtig im Kopf, wenn du weißt, was ich meine.“

„Oh ja, ich verstehe“, sagte die Freundin mitfühlend, „ich möchte aber sagen, dass er sich schon auswachsen wird.“ Und kaum war die Besucherin gegangen, als schon alle seine Brüder und Schwestern sich um ihn scharten und neckten: „Er ist Dummi! Er ist Dummi!“ Und so blieb ihm der Name erhalten.

Dummi war jedoch ein guter Kumpel und nahm es nicht übel, so genannt zu werden. Er machte bald alle seine Unzulänglichkeiten wett, indem er früher als alle anderen lernte wie ein richtiger Hund zu bellen, zu winseln, zu heulen und zu knurren. Und so hatten sie alle Respekt vor ihm.

Als er heranwuchs, lernte Dummi auch die Ratten zu jagen, die in den Holzkisten und dem Gerümpel herumliefen, das unter dem Bretterboden der Teestube lag, in der er zur Welt gekommen war. Seine Geschwister halfen eifrig dabei und welch ein Spaß war es doch, bei der heißen Jagd durcheinander zu kugeln oder der erste zu sein, der ein Stück Brot oder einen anderen Leckerbissen ergatterte, der von den Tischen auf dem Boden landete.

Und noch etwas trug zum Spaß bei, den die Geschwister hatten: der Lärm und Radau ringsum. Die Teestube lag an einer Bahnstation, und alle paar Minuten rollte ein Zug ratternd in den Bahnhof ein und verließ ihn wieder mit großem Getöse. Das Faszinierendste und zugleich Mysteriöseste für die Welpen aber war der Wald von sich bewegenden Beinen, die an ihnen vorbeieilten.

Wie bei allen schönen Dinge kam aber auch leider hier allzu bald der Tag, an dem es mit dem Spaß vorbei war.

Dummi schlief hinter einer Coca-Cola Schachtel, während die anderen mit den Pantoffeln des Teehausbesitzers spielten, die er unvorsichtigerweise von den Füßen gestreift hatte, um bequemer auf seinem hohen Stuhl zu sitzen. Und während einer der Welpen auf der einen Seite zog und die anderen verzweifelt auf der anderen Seite, um die Beute zu ergattern, rissen die Pantoffeln alsbald auseinander und die Teile wurden von den Welpen gekaut, als wären es wohlschmeckende Hühnerstücke. Als der Teehausbesitzer sein Eigentum dann wieder an die Füße stecken wollte, fand er unter seinem Sitz davon nur die nassen und unförmigen Reste und wurde furchtbar zornig. Er wusste eben nicht, dass zahnende junge Hunde so wie kleine Kinder etwas brauchten, um daran ihre Zähnchen ausbeißen zu können.

Der Teehausbesitzer schickte nach dem Bahnhofspolizisten und gebot ihm die Welpen ganz weit fortzubringen. Dummi sollte niemals erfahren, wie weit sie wirklich fort gebracht wurden, und wann immer er seine Mutter danach fragte, wandte sie sich in stummer Trauer ab. So musste er sich also damit abfinden, obwohl er sich sehr einsam fühlte und seine Brüder und Schwestern schmerzlich vermisste. So weinte er, bis er einschlief, und als er aufwachte, weinte er weiter. Aber was nützte es ihm? Niemand hörte ihn. Und niemanden kümmerte es.

Wahrscheinlich hätte er dasselbe Schicksal erlitten, aber bald danach brachte seine Mutter ihn an einen anderen Ort ein Stückchen weiter weg und blieb einige Tage lang fast ständig bei ihm. Sie erzählte ihm all die kleinen Hundegeschichten, die sie kannte und brachte ihm vom Bahnsteig viele nette kleine Dinge zum Spielen mit.

Gerade fing das Leben wieder an, angenehm zu werden, als ein seltsam aussehender schwarzer Hund kam, seine Mutter beschnüffelte und ihr schließlich etwas ins Ohr flüsterte. Sie stand auf, um ihm zu folgen, und Dummi wollte gerade dasselbe tun, als er sich so im Sari einer Dame verfing, dass sie ihm wieder heraushelfen und sicher in einer Ecke absetzen musste. Kaum jedoch wollte sie weitergehen, fing der Sari an zu rascheln und Dummi war mit einem Satz wieder hinter ihr her. „Du schlimmer kleiner Bursche“, sagte die Dame, von seinen Possen mehr erheitert als erzürnt. Dann hob sie ihn abermals auf und brachte ihn an einen sicheren Ort. Dummi jedoch sah das ganze als ein Spiel an und wollte ihr abermals folgen, als er sich plötzlich mitten in einem Wald sich bewegender Beine gefangen sah, aus dem er von dem gutherzigen Schuhputzer Babu gerettet wurde.

Babu hatte Hunde immer geliebt und war von Dummi geradezu hingerissen. Also nahm er ihn mit sich und band ihn mit einer Schnur fest, um zu verhindern, dass er herumlief und den Leuten in den Weg kam. Wenn es aber etwas gibt, das Hunde hassen, dann ist es, angeleint zu sein. So strampelte Dummi so lange herum und zog und kaute so lange an der Schnur, bis er frei war. Und bevor Babu ihn wieder einfangen konnte, war er schon zwischen den Beinen der Leute am Bahnsteig verschwunden.

Als er wieder daraus hervortauchte, war er hocherfreut, seine Mutter wieder zu finden. Der fremde schwarze Hund war jedoch bei ihr, und sie nahm keine Notiz von ihm und knurrte sogar, als er sich ihr nähern wollte. Er war sehr hungrig und wusste nicht, wo er sein Abendessen herbekommen sollte, so setzte er sich mitten auf den großen Platz beim Fahrkartenschalter und winselte. Zum Glück fand ihn dort Babu, der überall nach ihm gesucht hatte. Und der arme kleine Dummi war von Herzen froh, ihn zu sehen, so verloren und einsam hatte er sich gefühlt.

Babu nahm ihn mit sich nach Hause, in ein sehr kleines Zimmer unter einer Treppe und gab ihm ein wenig Brot und Milch. In dem Zimmer waren auch drei kleine Kinder, die niemals müde zu werden schienen, ihn zu kosen und zu streicheln. Und so fühlte er sich sehr glücklich und leckte ihnen dankbar die Hände und Füße.

Das Leben hatte wieder seine Reize für ihn bekommen, und selbst als er ein Halsband übergestreift bekam und an eine lange Kette gelegt wurde, störte ihn dies nicht sehr, denn sein Herr liebte ihn und spielte immer mit ihm.

Jeden Tag begleitete er Babu zur Bahnstation und saß oder schlief neben ihm, während sein Herr arbeitete. Und oftmals brachte einer von Babus Kunden ein Keks oder Stück Brot für ihn mit oder blieb stehen, um ihn zu streicheln.

Die Tage vergingen und aus Tagen wurden Wochen und aus Wochen Monate. Dummi hatte die Vergangenheit vergessen und war zu einem manierlichen Hund herangewachsen, als das Unglück über ihn hereinbrach. Sein Herr wurde plötzlich krank und starb innerhalb weniger Tage. Wie viele andere Hunde hatte Dummi schon lange gefühlt, dass etwas Furchtbares geschehen würde und war niemals von der Seite seines Herrn gewichen, selbst wenn die Kette entfernt wurde und ihm erlaubt war, frei herumzulaufen. Und nun, da sein Herr nicht mehr war, fühlte er sich so unglücklich, dass er tagelang alles Futter verweigerte. Und täglich ging er allein an die Bahnstation und saß dort, wo sein Herr immer gearbeitet hatte und hoffte auf ein Wunder, das ihm Babu wieder zurückbringen würde.

Schließlich, nachdem viele Tage des Wartens und Fastens vergangen waren, sah er einen wunderschönen kleinen Hund auf einem Koffer sitzen. Er näherte sich ihm vorsichtig und beschnupperte ihn aus einiger Entfernung, denn abgesehen davon, dass diese Fremde eine Hundedame war, war noch etwas anderes an ihr, das sie von allen anderen Hunden unterschied, die er bisher getroffen hatte. Als er gerade wieder ein Stückchen näher kommen wollte, sprach ihn die Hundedame mit einer sehr kultivierten Stimme an.

„Bitte, kommen Sie keinen Schritt näher."

„Warum denn nicht?“ fragte Dummi erstaunt.

„Weil ich einen Stammbaum habe“, sagte sie.

„Was ist ein Stammbaum?“ fragte Dummi, denn so etwas war ihm noch nie untergekommen.

„Das ist etwas ganz Besonderes, das besagt, wer Ihr Großvater und so weiter und so fort war.“ erwiderte die Hundedame.

„Ist das alles?“ fragte Dummi.

„Nein, das ist nicht alles. Aber ich glaube kaum, dass Sie es verstehen würden, wenn ich es Ihnen erklärte. Außerdem bin ich in Eile. Wir nehmen den nächsten Zug nach Poona zur Hundeausstellung, und mein Herr wird jeden Moment kommen.“ sagte die Hundedame.

Dummi wollte fragen was Poona war, und noch viele andere Fragen stellen, zum Beispiel, warum sie ihr Haar so lang trug, während alle anderen Hunde, die er bisher gesehen hatte, kurzes Haar hatten. Er kam jedoch nicht mehr dazu, denn ihr Herr kam und nahm sie fort mit den Worten: „Komm Lizzie oder wir werden den Zug versäumen.“ Und der arme Dummi blieb allein zurück.

Er streunte umher auf der Suche nach Futter und kam schließlich in einen anderen Teil des Bahnhofs, wo er beobachtete, wie ein Pferd in einen Waggon geführt wurde. Nachdem das

Pferd drinnen war, wurde der Waggon nicht gleich geschlossen und so schlüpfte Dummi durch die Tür, als der Pfleger dabei war, das Heu zu verteilen und für die Bequemlichkeit des Pferdes zu sorgen. Dann wurde mit einem großen Knall das Tor hinter ihm geschlossen und verriegelt. Es schien eine Ewigkeit zu vergehen, während der Zug stand und sich nicht bewegte. Dummi war jedoch so müde und schläfrig, dass es ihn nicht kümmerte. Alles, was ihn jetzt interessierte, war, dass er nach Poona gehen würde, denn er war sicher, dass alle Züge, die dampfend und pfeifend die Station verließen, dorthin fahren würden.

Viele Stunden später blieb der Zug stehen und die Türen wurden geöffnet. Dummi streckte sich und sprang so schnell wie möglich hinaus, denn er fühlte sich von der langen Fahrt steif und mochte den Geruch des Heus nicht besonders.

„Hallo!“ sagte ein mürrischer älterer Mann mit einem riesigen Schnurrbart. „Seht nur, was da aus dem Waggon kommt. Ich habe ein Pferd bestellt und sie haben mir gleich einen Hund mitgeschickt.“

„Ist er nicht süß?“ sagte ein kleines Mädchen, das neben ihm stand. „Bitte, Vati“, darf ich ihn behalten?“

„Aber du kannst einen viel besseren Hund bekommen, meine Kleine. Er sieht so verwahrlost aus und ist nur ein Mischling“, sagte der mürrische alte Mann.

„Nein Vati, sag so etwas nicht. Ich bin sicher, er versteht dich und kränkt sich“, bat das kleine Mädchen, beugte sich zu Dummi herab und streichelte dem armen Hund den Kopf.

Dummi war so glücklich, jemanden zu finden, der sich um ihm kümmerte, dass er nicht nur mit dem Schwanz wedelte so sehr er nur konnte, sondern dem Mädchen auch das Gesicht leckte und ihr die rechte Pfote gab, wie sein verstorbener Herr es ihm gelehrt hatte. Das wurde zu seinen Gunsten ausgelegt, und der grimmige alte Mann lächelte. Und während er mit dem Pferd beschäftigt war, führte das kleine Mädchen Dummi zu der Kutsche außerhalb des Bahnhofs, um dort auf ihren Vater zu warten.

So kam Dummi also nach Poona. Oder so dachte er jedenfalls, denn in Wirklichkeit war es nicht Poona, sondern ein ganz anderer Ort. Aber was machte das schon? Er hatte ein gutes Heim gefunden und freundliche Herren, bei denen er bis zum Ende seines Lebens blieb. Und er war glücklich und zufrieden.

Fang-Mich, die unartige Krähe

Es war einmal eine Krähenfamilie, die hoch droben im Wipfel eines Baumes wohnte, der in einem Garten stand. Sie hatten viele Nachbarn, und alle waren damit beschäftigt, Wohnungen zu bauen.

Herr und Frau Krah, wie sich die Familie nannte, hatten vier Kinder, und der jüngste war der faulste und schlimmste von allen. Sein Name war Fang-Mich und ihr würdet erstaunt sein über die Tricks, die er auf Lager hatte. Wenn sein Vater ihn bat, „hilf mir doch ein bisschen beim Sammeln von Zweigen für unser Nest“, so wippte er nur mit dem Schwanz, schlug mit den Flügeln und flog auf einen anderen Baum.

Eines Tages beobachtete Fang-Mich, wie die Nachbarsfamilie „Langschnabel“ im Mangobaum ihr Nest vom vergangenen Jahr wieder flickte. Als sie nicht hinsahen, pirschte er sich vorsichtig heran, zog einen Zweig heraus und trug ihn im Schnabel fort. Und da es die Langschnabels nicht bemerken, tat er es wieder und wieder.

Frau Langschnabel aber war eine sehr fleißige Krähe, und als sie sah, dass ihr Nest nicht und nicht größer werden wollte, war sie verärgert. „Wir kommen einfach nicht voran", fuhr sie ihren Mann an, „kannst du nicht schneller arbeiten?" „Ich tu doch schon mein Bestes", murmelte Herr Langschnabel. Gerade in diesem Moment kehrte ihre Tochter Guggi zurück, die einige Brotkrumen für das Frühstück gesucht hatte.

„Hilf mir doch bitte, unser Nest fertig zu stellen, mein Liebes", flüsterte der Vater ihr zu, „oder deine Mutter wird sehr ärgerlich werden." So versteckte Guggi die Brotkrumen in einem Loch im Baum und flog schnell davon, um einige Zweige zu holen. Zu ihrer Überraschung sah sie noch eine andere Krähe hinter ihr in dieselbe Richtung fliegen. So setzte sie sich auf einen der Äste eines hohen Baumes und beobachtete, ob die andere Krähe dasselbe tun würde. Diese war jedoch kein anderer als unser unartiger Fang-Mich, der mit einem Zweig im Schnabel an ihr vorbeiflog. Ein kleines Stück entfernt lies er es auf einen kleinen Haufen Zweige fallen, der dort bereits am Boden lag. Da wurde Guggi sehr neugierig, sie nahm schnell eben diesen Zweig auf und folgte Fang-Mich um zu sehen, was er vorhatte.

So fand sie heraus, dass der junge Krähenmann, dem sie gefolgt war, sich auf den Ast setzte, auf dem sich das Nest ihrer Eltern befand, und vorgab sich zu putzen. Und als dann ihre Eltern mit etwas anderem beschäftigt waren, zog er schnell einen Zweig aus dem Nest und flog damit davon. Nun verstand sie, warum ihr armer Vater nicht mit dem Nestbau vorankommen konnte. Als Fang-Mich dann das nächste Mal einen Zweig herausziehen wollte, stürzte sie sich auf ihn und rief laut „Dieb! Dieb!“

Sie erzählte ihren Eltern, was sie gesehen hatte, worauf sich Herr und Frau Langschnabel natürlich bei Herrn Krah über seinen Sohn beschwerten, und bald die ganze Krähensiedlung über Fang-Michs Missetat Bescheid wusste.

„Du solltest dich schämen!“ sagte Herr Krah streng. „Die Zweige unserer Nachbarn zu stehlen! Also wirklich!“ Fang-Mich aber wippte nur mit dem Schwanz und flog kichernd davon.

Schließlich entschlossen sie sich, Rotschnabel, den Papagei um Rat zu fragen, der so klug war, dass er sogar das ganze Alphabet auswendig hersagen und es sogar rückwärts rezitieren konnte.

„Ich weiß, was ihr tun solltet“, sagte Herr Rotschnabel zu Herrn Krah, nachdem er geduldig gelauscht hatte. „Ihr solltet zwei Sperlinge beauftragen, euren Sohn zu beschatten, und wann immer er so eine freche Tat begeht, müssen sie ihn beschämen, indem sie jedem davon erzählen." So wurden also die beiden Sperlingsdamen, Frau Tritsch und Frau Tratsch beauftragt, Fang-Mich überall hin zu verfolgen und zu sehen, ob er sich gut benahm. Aber selbst das half nicht, ihn zu ändern, so dass schließlich Herr Weise, die Eule der Krähenkolonie riet, Fang-Mich als Nachtwächter zu engagieren. „Denn", so sprach Herr Weise, „wenn er in der Nacht wach sein muss, so wird er am Tage müde sein und schlafen, und so keinen Unfug anstellen."

So wurde Fang-Mich also von diesem Tage an zum Nachtwächter bestellt. Was aber glaubt ihr wohl, tat diese schlimme Krähe? Er schrie laut zu allen Stunden der Nacht, so laut er konnte: „Wacht auf! Wacht auf, ihr Murmeltiere! Oder ihr werdet bei lebendigem Leibe geröstet! Ich sehe Feuer! Feuer!"

Ihr könnt euch unschwer vorstellen, in welche Panik da die ganze Siedlung mitten in der Nacht geriet, als sie diese Schreie hörten. Alle wachten auf und flatterten in höchster Aufregung übereinander und untereinander und gegeneinander und gegen die Baumstämme. Fang-Mich aber freute sich über den gelungenen Streich und lachte so sehr, dass ihm sogar etliche Federn ausfielen.

Am nächsten Morgen jedoch kamen viele Krähen und schlugen mit dem Schnabel auf ihn ein und hätten ihn sogar getötet, wäre da nicht die gutherzige Guggi gewesen, die ihnen versprach, ihn zu ändern, wenn sie ihn ihr überlassen wollten. So wurde Fang-Mich also in ihre Obhut gegeben, und das erste, was sie ihm anschaffte, war, alle die Zweige aufzuklauben, die er aus dem Nest ihrer Eltern gezogen hatte. Daraus machte sie ein schönes neues Nest und legte es innen mit Baumwolle aus, die Fang-Mich von weit her holen musste. Und immer wieder rief sie nach noch mehr Zweigen und mehr Baumwolle, so dass Fang-Mich keine Zeit mehr hatte, irgendeinen Unfug zu ersinnen.

Als das Nest fertig war, legte Guggi vier blaugrüne Eier hinein und Fang-Mich war so entzückt von ihnen, dass er kaum erwarten konnte, die Jungen schlüpfen zu sehen.

Bald schon wurde seine Arbeit belohnt und vier kleine Krähen kamen daraus hervor. Nun hieß es aber wieder: „Futter! Mehr Futter!" Und so ging das den ganzen lieben langen Tag. Und Fang-Mich war ständig damit beschäftigt, ihnen ihre kleinen Schnäbel zu stopfen. Er war jedoch so glücklich und stolz, dass er alle seine Ungezogenheiten und Bosheiten vergaß und sich völlig wandelte. Und als seine Kinder heranwuchsen, half er ihnen wo er konnte und machte ihnen so schöne und bequeme Nester, dass die ganze Krähenkolonie stolz auf ihn war.

Der Gärtner und der Kürbis

Es war einmal ein armer Gärtner namens Manu, der für einen reichen Kaufmann in der Stadt arbeitete. Er hielt den Garten sauber, jätete das Unkraut und bewässerte jeden Baum und Strauch, der dort wuchs.

Eines Tages war er gerade dabei, einen Graben am Fuße eines Mangobaumes zu graben, als er hinauf blickte und sah, wie einige Papageien von den reifenden Früchten naschten. „Kai, kai, krr, schmatz kai, ...“ sagte einer zum anderen. „Hier gibt es eine Menge süßer, saftiger Früchte.“

Als sie dies hörten, kamen alle anderen Papageien und hockten sich ebenfalls auf den Baum, und Manu hatte große Mühe, sie wieder fortzujagen.

„Ich frage mich, wie eine so kleine Frucht wie eine Mango auf einem so großen und starken Baum wie diesem wächst, während ein großer Kürbis nur an einer zarten Pflanze gedeiht! Wenn ich nur die Macht hätte, diese Dinge zu ändern, so würde ich auf diesem starken Baum Kürbisse wachsen lassen und die Mangos an einem Strauch.“ So sprach er zu sich selbst.

Als er so darüber nachsann, kam sein Gärtnergehilfe heran und fragte ihn, was er da wohl vor sich hinmurmle.

„Ich habe mich gerade gefragt", sagte Manu, „warum Gott eine so leichte Frucht wie eine Mango an einem so starken und festen Baum wachsen lässt, während er die großen, schweren Kürbisse an einer so zarten Ranke wachsen lässt?"

„Dafür muss es einen guten Grund geben", antwortete der Gehilfe, „wir sind nur zu unwissend, ihn zu begreifen."

„Mir erscheint das einfach sehr dumm. Das ist alles." sagte Manu. „Sieh doch nur wie viel Ärger ich habe, die Vögel davon abzuhalten, ständig an den Früchten zu picken. Außerdem, wie viel einfacher wäre es doch für mich die Früchte zu ernten, wenn Gott sie in einer bequemen Höhe wachsen ließe. Jahr für Jahr muss ich unter Lebensgefahr die höchsten Äste erklimmen, um alle diese Mangos zu pflücken."

Als sie so sprachen, kam die Dienstmagd aus dem Haus und überbrachte ihnen den Wunsch der Herrin nach frischen Blüten für ihre „Puja", ihr Gebetsritual. So eilten die beiden Gärtner davon, dem Befehl Folge zu leisten und die Blumen zu pflücken.

Viele Tage vergingen, und Manu der Gärtner arbeitete wieder unter demselben Mango Baum, als plötzlich eine große Frucht vom Baum und direkt auf seinen Kopf fiel.

„Hilfe!“ rief Manu. „Mein Kopf ist zerschmettert .... ich fühle mich ganz schwach....“

Als er ihn so schreien hörte, eilte sein Gehilfe herbei und goss ihm etwas Wasser über den Kopf. Manu war nicht schwer verletzt, er hatte nur eine kleine Beule am Kopf davongetragen, wo die Frucht ihn getroffen hatte.

„Wenn du schon so viel Aufhebens um eine Mango machst, was hättest du wohl getan, wenn dir ein schöner, großer Kürbis auf den Kopf gefallen wäre?“ fragte ihn der Gehilfe.

„Gott sei gepriesen, dass es nur eine Mango war“, sagte da Manu. „Andernfalls wäre mein Kopf zersprungen wie eine Kokosnuss. Wie dumm war ich doch zu glauben, dass es besser sei, Kürbisse wüchsen auf großen, starken Bäumen!“

Frinu, der Fisch

Genau in der Mitte des Gartens im Sultanspalast befand sich ein sehr großer und lieblicher Teich. Sein Rand war mit Fliesen umfasst in der Farbe von Mango-Früchten und dem tiefen Gold reifer Kokosnüsse und auf seiner Oberfläche schwammen zahlreiche Lotusblüten wie die Wolken auf den Wipfeln der Bäume an einem taufrischen Morgen.

In diesem Teich lebten einige Fische, die die Lieblinge des kleinen Prinzen waren, der sich selbst um sie kümmerte und sie mit allen möglichen ausgewählten Leckerbissen fütterte. Die Fische wurden mit der Zeit so dick und faul von dem guten Futter, dass sie kaum noch ihre Flossen bewegen oder ihren Schwanz schütteln konnten, und den ganz Tag dösend im Schatten der Lotusblüten verbrachten.

Eines Tages, nachdem sie gerade das üppige Mahl beendete hatten, das ihnen der Prinz gebracht hatte, hörten sie einen lauten Lärm außerhalb des Gitters und eilten hin, um nachzusehen, was da los war. Und zu ihrer Überraschung sahen sie einen ganzen Schwarm wunderschöner purpurfarbener und goldener Fische, die sich gegenseitig anstießen, lachten und miteinander vergnügten.

„Seht doch nur diese dicken Geschöpfe, wie hässlich sie doch aussehen!“ sagte eine von ihnen und zeigte mit einer zarten Flosse auf sie.

„Sie sind so ungeschickt, dass sie schon bei dem Versuch, sich umzudrehen, umfallen. Im ganzen weiten Ozean habe ich noch nie so etwas Lustiges gesehen“, sagte eine andere, und zitterte vor Lachen am ganzen Körper.

„Ach, lasst mich auch einen Blick auf sie werfen“, sagte eine dritte, die gerade herankam und so hübsch war, dass die Fische im Teich es kaum wagten, sie anzublicken.

„Ja wirklich!“ sagte sie und zog sich schnell zurück. „Sie sind geradezu furchterregend!“ Warum um alles in der Welt essen sie so viel? Ich an ihrer Stelle würde eher des Hungers sterben, als so auszusehen!“ Und sie schlang ihre durchsichtig zarten Flossen wie einen Schal aus Regenbögen um sich und glitt lachend davon.

Auch die anderen schwammen eine nach der anderen davon, und noch minutenlang danach konnte man ihr perlendes Lachen vernehmen, dessen Echo von den Wasserpflanzen widerhallte.

Die dicken Fische im Teich jedoch nahmen wenig Notiz von ihnen, denn sie waren so gierig, dass sie nicht aufhören konnten zu essen, nur weil einige hübsche Mädchen sie verlacht hatten. „Sie sind nur neidisch“, sagte der dickste von ihnen. „Deshalb haben sie alle diese groben Bemerkungen gemacht. Ich bin sicher, dass nicht eine davon jemals von den Köstlichkeiten gekostet hat, die wir täglich essen...“

Unter all diesen Fischen im Teich war aber auch ein junger Fisch-Mann namens Frinu, der ganz und gar nicht dieser Meinung war und sich sehr verletzt und unglücklich fühlte. Denn er hatte sich in die hübsche Kleine verliebt, die ihn und die seinen so hässlich gefunden hatte. Und so beschloss er, so lange zu hungern, bis er so schlank und anmutig wäre wie sie. Von diesem Tag an versteckte er sich unter den Lotusblüten, wenn der Prinz das Mahl brachte und verbrachte seine Zeit mit Gymnastik und damit, von seiner Geliebten mit den Regenbogenflossen zu träumen, deren Name Fri war.

So verlor er jeden Tag ein bisschen von seinem Gewicht, und obwohl er Stunden vor dem Gitter verbrachte, in der Hoffnung, sie wiederzusehen, kam sie niemals mehr zurück, während ihn ihr perlendes Lachen die ganze Zeit über in Gedanken verfolgte. Er gab niemals sein Fasten auf, denn er wollte so schlank werden, dass er durch das Gitter schwimmen und sich auf die Suche nach ihr begeben konnte.

Schließlich kam der Tag, da er sich mit großer Mühe und dem Verlust etlicher Schuppen durch das Gitter zwängen konnte. Und obwohl es wehtat, war er glücklich, denn er war frei und würde bald seine Geliebte finden und ihr zeigen, wie schlank er geworden war.

Er schwamm die Wasserstraßen hinab bis er an einen Fluss kam, dessen Lauf er folgte, und der ihn schließlich zum Meer brachte.

Das Meer war glasklar und ging fast ohne Grenze in den blauen Himmel über. Und die Sonne schimmerte durch den Dunst wie eine Laterne durch ein trübes Glas.

Inmitten der Korallenbänke traf er auf Schwärme von leuchtend bunten Meerengeln mit silberblauen und gelben Schuppen und auf rote Feuerfische und vielfarbige Pfauenfische. Aber nirgendwo war eine Spur von Fri. Die Fische, die er fragte, rieten ihm, unter den Korallenschlössern und Seetang-Wäldern des Ozeans zu suchen.

Schließlich, zehn Tage nachdem er geflohen war, fand er seine Liebste. Und sie war schöner denn je zuvor. Und als sie ihre durchsichtigen Flossen wie Schleier bewegte, war er so verzaubert, dass er ihr nicht einmal einen guten Morgen wünschen konnte. Im selben Moment erblickte auch sie ihn und rief ihre Freunde herbei: „Seht doch nur diesen armen, jämmerlichen Burschen dort drüben. Habt ihr jemals einen kränker aussehenden Fisch gesehen? Er hat sogar einige seiner Schuppen verloren, und sieht richtig hässlich aus." Und wieder lachte sie ihr perlendes Lachen, das so viele Luftblasen in Bewegung versetzte, und segelte davon, während Frinu ihr nur nachstarrte.

Ihr könnt euch vorstellen, wie Frinu sich gefühlt haben musste. Er war so unglücklich und schwach vor Hunger und Enttäuschung, dass er sich in einer nahen dunklen Höhle verbarg und sich hinlegte, um zu sterben. „Sie hat mich hässlich genannt, als ich dick war, und nun, da ich um ihretwillen so viele Mühen auf mich genommen habe, um dünn zu werden, findet sie mich wieder hässlich", sprach er zu sich selbst. Und er verbarg sich in der Dunkelheit und schloss vor Verzweiflung die Augen.

Er wusste nicht, wie lange er so gelegen hatte, und ob es Tag oder Nacht war. Als er aber schließlich wieder die Augen öffnete, fand er sich in einem wunderschönen rosa- und perlmuttfarbenen Raum. Sanfte Meeresmusik tönte an sein Ohr und eine liebliche Meeresrose lag neben ihm auf dem Polster, um ihn mit ihrem Duft zu erfreuen. Als er um sich blickte, sah er neben sich ein schönes Fisch-Mädchen sitzen, dessen Körper mit Sternen bedeckt war und dessen Flossen aus Mondlicht zu sein schienen.

„Fühlt Ihr Euch jetzt besser, edler Herr?" fragte sie sanft. Frinu war so erstaunt, dass er überzeugt war, zu träumen und jeden Moment aufzuwachen und sich selbst wieder allein mit seinem Unglück zu finden.

Er blickte sie lange an und fragte schließlich: „Wer seid ihr, edle Dame? Und wo bin ich hier?"

Das schöne Mädchens, das Shihiri, Sternchen genannt wurde, sprach, „Gerne werde ich Euch alles erzählen, um Eure Verwirrung zu zerstreuen. Doch ich fürchte, Ihr seid noch recht schwach, so bitte trinkt doch zuerst von diesem Wein. Er ist aus den Seekirschen aus meines Vaters Garten gemacht, und wenn Ihr Euch dann stärker fühlt, werden wir über alles sprechen." Also trank Frinu dankbar von dem Wein und lauschte dann Sternchens Erzählung.

„Als ich geboren wurde", sprach sie, sagte einer der Hofastrologen voraus, dass meine Eltern zum Zeitpunkt meiner Volljährigkeit in allen an den Palast grenzenden Höhlen suchen sollten, denn dort würden sie einen jungen Fisch-Mann finden, der mein zukünftiger Ehemann werden sollte. Also gaben meine Eltern allen Höflingen den Befehl, die Höhlen täglich abzusuchen und zu berichten, was sie dort vorfänden. Und vorgestern wurde meinem Vater Zuk, dem größten König der südlichen Meere berichtet, dass sie einen jungen Fisch-Mann in den Tiefen der Höhle gefunden hätten. Mein Vater eilte unverzüglich mit unserem Arzt hin und sie brachten Euch her, denn Ihr wart mehr tot als lebendig. Und er befahl mir, Euch persönlich aufzuwarten. Er wird sehr erfreut sein zu hören, dass Ihr Euch schließlich erholt habt, und er Befehl geben kann, unsere Hochzeit vorzubereiten.

Frinu traute kaum seinen Ohren, und er versuchte, Einwände gegen etwas zu erheben, das er für einen schweren Irrtum hielt, die süße Prinzessin Sternchen jedoch wollte von alldem nichts wissen. So erzählte er ihr von sich und wie sehr er die hübsche kleine Fri geliebt hatte.

Sternchen war entsetzt, als sie hörte, wie schlecht er von Fri behandelt worden war. „Wenn Ihr zustimmt, mein Gemahl zu werden“, sagte sie scheu, „so werde ich alles tun, damit Ihr all die schlechte Behandlung vergesst, die Euch durch sie zuteil geworden ist.“ So konnte Frinu nichts Besseres tun als zuzustimmen, und die Hochzeit wurde mit großer Pracht gefeiert.

Alle Fische im Umkreis von vielen Meilen

wurden eingeladen, am Fest teilzunehmen, und so mancher Stern fiel an diesem Tag ins Meer, um im bernsteinfarbenen Sand zu glitzern.

Gerade als die Zeremonie vorüber war, und jeder dem jungen Paar seinen Glückwunsch aussprach, kam niemand anderer als die hübsche kleine Fri heran und schwenkte ihre regenbogenfarbenen, schleierförmigen Flossen. Als sie aber Frinu mit seiner lieblichen Braut sah, fiel sie fast vor Neid und Eifersucht in Ohnmacht. Denn sie war überzeugt davon, dass Frinu ein Prinz war und sie die Gelegenheit versäumt hatte, seine Braut zu werden.

So spuckte sie voller Gehässigkeit auf die frisch vermählte Prinzessin, worauf alle Anwesenden über sie herfielen und sie getötet haben würden, hätte nicht Sternchen sie beiseite geschoben und versucht, sie zu beruhigen. Bei dem Kampf aber hatte Fri alle ihre hübschen purpurnen und goldenen Schuppen verloren, und ihre feinen Flossen waren zerrissen. Sternchen jedoch war zu gut erzogen, um sich am bedauernswerten Anblick ihrer Rivalin zu erfreuen, und befahl einer ihrer Zofen Fri ein neues Paar Flossen aus Purpur und Gold zu bringen und ihr den Körper mit einem wunderbaren Sonnenblumengelb zu färben. Nun war Fri wieder ein hübsches Geschöpf und so überwältigt von Reue, dass sie um Vergebung bat und eiligst verschwand. Sternchen und Frinu aber blieben alleine zurück und erfreuten sich in Frieden ihres Glücks.

Einigkeit macht stark

Im Dorf Methi Pala lebte einmal ein sehr armer Mann mit seiner Familie. Da er für sich und die anderen keine Arbeit finden konnte, entschloss er sich, fort zu ziehen und sein Glück anderswo zu versuchen. So befahl er also seiner Frau, alles für die Abreise fertig zu machen und zog gleich am nächsten Tag los.

Sie wanderten viele, viele Meilen dahin, rasteten unter schattigen Bäumen und aßen das wenige, das sie mit sich gebracht hatten.

Am fünften Tage nachdem sie ihre Wanderung begonnen hatte, war all das Essen und Wasser aufgebraucht, das sie mit sich gebracht hatten. So bat der alte Mann seine Familie, sich unter einem großen Pipalbaum zu lagern, es schien ein angenehmer Ort zu sein und ganz in der Nähe befand sich ein kleiner Fluss.

Seiner Tochter befahl er, den Boden unter dem Baum zu fegen. Seiner Schwiegertochter übertrug er die Aufgabe, alle leeren Gefäße mit frischem Wasser zu füllen, und seinen Sohn sandte er aus, um Holz für das Feuer zu sammeln. Seinem Enkelsohn befahl er, aus Steinen und Ziegeln eine Feuerstelle zu bauen, auf der das Abendessen gekocht werden sollte. Auch seine Frau bekam Arbeit, sie sollte alle die Töpfe und Pfannen zum Fluss tragen, um sie gründlich für die Zubereitung des Mahls zu schrubben. Er selbst war aber auch nicht untätig, sondern machte sich auf, um nach einem Abendessen für seine Familie Ausschau zu halten.

Nachdem er hier und dort gesucht hatte, sah er plötzlich oben im Baum, unter dem sie ihr Lager aufgeschlagen hatten, einen Affen sitzen. Der Affe hatte beobachtet, was unten alles vor sich gegangen war und kam nun, neugierig wie er war, herab, um herauszufinden, was all der Lärm zu bedeuten hatte. „Ihr habt nicht einmal ein Körnchen zu essen“, sagte er zu dem alten Mann, „warum also all diese Aufregung?“

Der alte Mann antwortete: „Mein lieber Freund, DU wirst das Mahl sein, nach dem ich in den vergangenen Stunden gesucht habe, bereite Dich also auf Deinen Tod vor. Wir werden uns von Dir ernähren können, bis wir etwas anderes finden.“

Der Affe hörte dies mit Entsetzen. Er hatte seit ihrer Ankunft beobachten können, wie harmonisch die Familie zusammenarbeitete, und dass sie alle die Anordnungen des alten Mannes befolgten. So glaubte er sicher, dass sie ihn gemeinsam töten würden, und er keine Hoffnung hätte, ihnen zu entkommen.

Er näherte sich dem alten Mann und sagte, „Mein guter Herr, ihr mögt euch von mir ernähren, wie ihr Euch entschlossen habt, allein, wie lange wird mein Fleisch schon reichen? Werdet ihr mich gehen lassen, wenn ich Euch die Möglichkeit gebe, für viele Jahre angenehm zu leben?"

Der alte Mann überdachte dies und antwortete dann, „Wenn das auch wirklich wahr ist, dann werde ich dir dein Leben lassen."

Der Affe war überaus erleichtert, das zu hören und kletterte sogleich auf den Baum, um einen Beutel mit Goldstücken zu holen, den er dem alten Mann zu Füßen legte. Ihr könnt sicher sein, dass dieser überglücklich über dieses unverhoffte Geschenk war. Sofort befahl er seiner Familie, für den Heimweg zusammenzupacken.

Er zeigte die Münzen allen Mitgliedern seiner Familie, und sie umarmten einander und tanzten vor Freude und eilten ins nächste Dorf, um Essen und andere Dinge zu kaufen. Dann mieteten sie einen Ochsenwagen und kehrten nach Hause zurück.

Die Nachbarn waren sehr erstaunt zu sehen, dass die Familie zurückkam und wieder in ihr altes Haus einzog. Sie stellten Fragen über Fragen, und als sie schließlich alles erfahren hatten, entschlossen sie sich, ihrerseits ihr Glück zu versuchen, trafen alle Vorbereitungen und zogen gleich am nächsten Tag los. Als sie unter dem selben Baum ankamen, machten sie sich sofort an die Arbeit. Das Familienoberhaupt befahl seiner Frau, ein großes Feuer zu machen, aber die Frau entgegnete, „Lass uns zuerst den Affen finden, wenn er gar nicht hier ist, wozu dann ein Feuer anzünden?"

Als die Tochter Wasser vom Fluss holen sollte, wandte sie sich ab und sprach, „Warum sollte ich gehen? Der Pfad ist voller Dornen. Warum bittest Du nicht meinen Bruder zu gehen?" Und als der Sohn geschickt wurde, um Holz für das Feuer zu holen, antwortete er „Warum Holz holen, wenn wir doch den Beutel voll Gold von dem Affen wollen?"

Der Affe, der auf dem Ast darüber saß, hörte all das und befand, dass die Familie ihm unmöglich ein Leid zufügen konnte, da keine Einigkeit zwischen ihnen herrschte. Als das Familienoberhaupt also kam, und ihm sagte, er sollte sich für den Tod bereit machen, lachte er nur und schickte ihn fort.

Der Mann war sehr erstaunt das zu hören, und rief seine Familie um ihm zu helfen, den Affen zu töten. Diese jedoch antworteten nur, dass sie dies nichts anginge. So musste der arme alte Mann, der den Goldbeutel so dringend brauchte, alleine auf den Baum klettern, in der Hoffnung, den Affen zu fangen. Der Affe jedoch war zu wendig für ihn und warf Steine und andere Dinge nach ihm und zwang so den alten Mann, wieder unverrichteter Dinge vom Baum zu klettern. Die Familie aber musste wieder mit leeren Händen heimkehren, weil keine Einigkeit zwischen ihnen geherrscht hatte.

Reichtum des Herzens

Es war einmal eine Stadt namens Gujerat, dort herrschte eine große Hungersnot und hunderte von Menschen verloren dabei ihr Leben. Auch die Eltern von Ramesch starben, und der kleine Junge musste zu seinem Onkel nach Surat ziehen, wo er ihm half, Pakete und Gepäckstücke mit seinem kleinen Karren von der Bahnstation fortzuschaffen.

Manchmal mussten sie die Pakete nur ein kurzes Stück befördern und erhielten nur schlechte Bezahlung dafür. An anderen Tagen, wenn sie die Pakete über lange, sich windende Straßen geschleppt und die Brücke überquert hatten, erhielten sie so viel Lohn, dass sie sich ein Glas Molke, eine Tasse Tee und einige Brötchen dafür kaufen konnten.

Ramesch war bei seinem Onkel recht glücklich. Eines Tages jedoch kam plötzlich ein Lastwagen herangerast und stieß sie zu Boden. Der Karren war völlig kaputt und alle Pakete war beschädigt. Ramesch's Onkel starb auf der Stelle, er selbst jedoch wurde ins Krankenhaus gebracht und brauchte einige Monate, bis er sich erholt hatte.

Nun war der arme Junge ganz allein auf der

Welt. Aus Angst vor den Polizisten, die ihm ständig Fragen über den Unfall stellten, rannte er auf und davon nach Navsari, wo er fortan sein Leben als Bettler fristete.

Tag für Tag saß er an der Hauptstraße, wo viele reiche Leute vorbei gingen, während die grelle Sonne gnadenlos auf ihn herabbrannte. Und vor Hunger und Einsamkeit wurde er immer schwächer und schwächer.

Eines Tages sah Ramesch, wie ein reicher Mann bei einem Geschäft aus dem Auto stieg. Er nahm all seinen Mut zusammen und sprach ihn an: „Bitte, Herr, geben Sie mir etwas Geld, ich bin so hungrig."

„Warum sollte ich Dir Geld schenken?" entgegnete der reiche Mann. „Hast Du nicht Hände und Füße, um dafür zu arbeiten?"

„Nun, mein Herr", seufzte Ramesch, „ich habe Hände und Füße, und ich würde gerne für meinen Lebensunterhalt arbeiten, wenn ich nur Arbeit finden könnte. So bitte, wollen Sie mir nicht helfen?"

„Aus dem Weg, lass mich vorbei", sagte der reiche Mann grob. „Glaubst Du, ich habe nichts besseres zu tun, als meine Zeit damit zu verschwenden, Arbeit für Landstreicher wie Dich zu suchen?"

Obgleich es nicht das erste Mal war, dass

Ramesch eine solche Abfuhr erlitten hatte, stiegen ihm doch die Tränen in die Augen und er ging fort und setzte sich niedergeschlagen in eine Ecke.

Gegen Abend des selben Tages kam ein lahmer alter Mann auf Krücken des Weges, dessen schmutzige Kleider an vielen Stellen geflickt waren. Als er bei dem Jungen vorbei kam, bückte er sich unbeholfen nieder und sagte leise: „Hier, mein Sohn, nimm das. Ich habe für heute genug gehabt und es ist noch genug über." Und er leerte den Inhalt seiner Tasche in Ramesch's Schoß.

Ramesch blickte nieder und fand ein halbes Brötchen, ein kleines Geldstück, eine erdige Tomate und einige Stückchen Brot in seinem Schoß liegen.

„Aber Du musst das für morgen aufheben", sagte Ramesch, der sich scheute, dem alten Mann das alles weg zu nehmen, da er wusste, wie schwierig es war, diese Schätze zu sammeln.

„Nein, mein Sohn", sagte der alte Mann und streichelte den Kopf des Jungen mit seinen schwieligen Händen. „Gott wird sich um morgen kümmern, wie er sich um heute gekümmert hat. Bis dahin iss das und mach einen alten Mann glücklich."

Ramesch war von diesen Worten so gerührt, dass es ihm entfuhr: „So viele reiche Menschen sind hier vorbei gekommen, und sie hatten keinen Groschen für mich. Aber Du, mein armer Freund, dem es noch schlechter geht als mir, Du kommst und gibst mir alles, was Du hast."

„Das stimmt, mein Sohn", sagte der Alte. „Aber es gibt so viele Arten von Reichtum in der Welt. Und arme Leute wie du und ich sind mit dem Reichtum des Herzens gesegnet."

Die Zauberin von Kamalalaya

Das Dorf Kamalalaya, das sich an den Fuß des Himalaya schmiegt, ist ein überaus hübscher Ort. Mit den hohen Bäumen und dem kleinen See, der im Sommer von rosaroten und weißen Lotusblüten bedeckt ist, könnte man es für ein Stück Himmel halten. Von eben diesem kleinen See hat das Dorf auch seinen Namen, denn Kamalalaya bedeutet „Wohnsitz der Lotusblüten".

In diesem Dorf lebte einst eine seltsame alte Frau, die von den dummen und abergläubischen Menschen des Ortes als Hexe bezeichnet wurde. Nicht, weil sie über irgendwelche magischen Kräfte verfügt hätte, sondern allein deshalb, weil sie klüger war als die anderen und ihren praktischen Verstand mehr als die übrigen zu benutzen wusste.

Nun lebten in diesem Dorf viele Hirten, die ihre Schafe auf die umgebenden Hügel auf die Weide trieben. Unter ihnen war ein Hirtenjunge namens Kirmin, der seine Herde innig liebte.

Jeden Morgen, kaum, dass sich der rauchige Morgennebel von den Lotusblüten erhoben hatte, sah man Kirmin schon seine Herde die schmale Strasse, die in die Berge führte, hinauftreiben.

Wenn er schließlich an eine offene Stelle mit fettem Gras und wilden Wiesenblumen kam, so setzte er sich unter die duftenden Nadelbäume und begann, auf seiner Flöte zu blasen. Das war für die Schafe das Zeichen, stehen zu bleiben und zu grasen. Und eine glücklichere Herde war kaum anderswo zu finden, die Schafe sprangen ausgelassen umher und machten vor lauter Freude Luftsprünge.

Einige Stunden später, wenn sie sich an dem saftigen Gras sattgefressen hatten, führte sie Kirmin zu einem nahen Bach zur Tränke. Hier stießen und drängten sie einander mit ihren Hörnern und um das kühle, klare Wasser zu erreichen, knieten sie auf ihre Vorderbeine und tranken durstig.

Nachdem sie fertig waren, zählte er sie und wenn sie vollzählig waren, so klopfte er zum Zeichen des Aufbruchs dreimal mit dem Stock an einen Felsen. Manchmal kam es vor, dass ein oder zwei der Schafe sich verlaufen hatten, dann musste Kirmin sich eben auf die Suche nach ihnen machen, um dann gemeinsam mit der ganzen Herde wieder heimzukehren.

An diesem besonderen Tag jedoch, fehlte ein kleines, eine Woche altes Schaf, und so sehr er auch danach suchen mochte, er konnte es weder finden, noch es irgendwo blöken hören. So trieb er schweren Herzens den Rest der Herde zurück ins Dorf. Dort erzählte er seinen Freunden von dem vermissten Schaf und fünf der Dorfjungen boten ihm ihre Hilfe bei der Suche an. So kehrten sie gemeinsam wieder an die Weidestelle zurück und suchten in verschiedenen Richtungen.

Schließlich fand einer der Jungen das Lamm ganz hoch oben auf einem felsigen Hügel, wo es sich an den wild wachsenden gelben Blumen gütlich tat, welche die Schafe so lieben, und die in den Bergen zwischen den Felsen wachsen. Er rief nach den anderen Jungen, die sofort herbeigelaufen kamen, glücklich, das kleine Lamm endlich gefunden zu haben.

So sehr sie aber auch riefen und lockten, auf ihren Flöten bliesen und mit ihren Stöcken schlugen, das kleine Lamm kümmerte sich um nichts, sondern fuhr fort, die Blumen zu verspeisen, als gäbe es nichts Wichtigeres auf der Welt.

Kirmin war nun schon in Tränen ausgebrochen, denn er liebte jedes einzelne Schaf seiner Herde von ganzem Herzen, und er wusste, dass das Schaf verloren war, wenn es nicht vor Einbruch der Nacht gerettet werden konnte. Entweder würde es von einem der wilden Tiere gefressen werden, die dort herumstrichen, oder in der Kälte erfrieren. Er beschwor seine Freunde, einen Weg zu finden, diese schüttelten jedoch nur traurig den Kopf und antworteten, dass er das Lämmchen seinem Schicksal überlassen müsse.

Da erinnerte sich einer der Jungen an die alte Frau, von der man sagte, sie sei eine Hexe, und die nicht fern von diesem Ort wohnte. „Geh doch zu ihr“, riet er Kirmin. „Ich fürchte, sie ist wohl deine einzige Hoffnung. Wenn sie wirklich eine Hexe ist, dann wird sie ihre Zauberkraft dazu verwenden, das Lamm zu dir zurück zu bringen.“

„Das ist eine gute Idee“, sagte Kirmin. „Gehen wir alle gemeinsam hin.“ „Kommt nicht in Frage!“ sagten da die anderen wie aus einem Munde. „Es ist DEIN Lamm, du musst schon alleine gehen.“

„Sie verwandelt mich vielleicht in einen Stein“, sagte einer von ihnen. „Ja“, sagte da ein anderer, „Oder sie könnte uns zum Nachtmahl verspeisen, wenn wir wirklich hingingen.“ Und einer nach dem anderen schlich sich davon und überließ den armen Kirmin seinem Schicksal.

Kirmin blickte zum Lamm hinauf, das dort ganz alleine hilflos blökte, nachdem es endlich sein Mahl beendet hatte, und entschloss sich, alles zu seiner Rettung zu riskieren.

Er lief so schnell er konnte zur Hütte der Hexe und klopfte an. Als jedoch niemand antwortete, stieß er die Türe auf und trat ein. Auf einer zerrissenen Matte lag eine alte Frau und schlief tief und fest. Kirmin schüttelte sie sachte, um sie zu wecken und sprach sie an, „Mutter Hexe, Mutter Hexe, bitte steh auf."

Die Hexe öffnete die Augen und stand schnell auf. Sie zürnte dem Jungen, weil er sie eine Hexe genannt hatte. Als sie aber sah, wie verschreckt und traurig er dreinblickte, lächelte sie ihn an und fragte freundlich, „Was gibt es denn mein Sohn?"

Kirmin erzählte ihr hastig, was vorgefallen war, und flehte sie an, das Lamm mit Hilfe ihrer Zauberkraft zu retten. Als die alte Frau das hörte, lachte sie. Es war jedoch ein angenehmes Lachen, das Kirmin seine Angst vor ihr nahm. Dann schlang sie einen löchrigen alten Wollschal um ihre Schultern, nahm ihren Stock, ein Seil und drei Tücher und gebot dem Jungen, voranzugehen.

In kurzer Zeit erreichten sie den Fuß des großen Felsens. Dort angekommen, sah sich die alte Frau genau um und sagte: „Hier ist das arme Tier sicher nicht hinaufgeklettert, sondern von wo anders. Lass uns also zuerst suchen wo.“ So gingen beide daran, den Aufstieg zu suchen.

Nach langer Zeit kamen sie an einen schmalen Pfad, der zwar gefährlich aussah, jedoch der einzige Weg zu sein schien, den das Lamm genommen haben konnte. Die alte Frau gebot Kirmin, dem Pfad zu folgen und herauszufinden, wohin er führen könnte.

Kirmin tat unverzüglich, was ihm gesagt worden war, denn er wollte das Lämmchen unbedingt retten. Und als er schließlich den Platz erreicht hatte, von dem aus er das Lamm sehen konnte, rief ihm die alte Frau zu, auf dem selben Weg wieder zurückzukehren.

„Nimm das, mein Sohn“, sagte die alte Frau, als er wieder bei ihr angelangt war. Sie gab ihm das Seil und die drei Tücher in die Hand und sprach: „Sobald du ganz oben bist, legst du dich auf den Bauch und robbst vorsichtig vorwärts, bis du die Seilschlinge um den Kopf des Lammes legen kannst. Dann gehst du ganz behutsam rückwärts. Und schau ja nicht hinunter, sondern blicke nur auf das Lamm. Wenn du in Sicherheit und weg vom Rande des Abgrundes bist, ziehst du das Lamm zu dir hinauf, das vielleicht ein bisschen widerstreben, dir aber dann nachkommen wird. Binde ihm dieses Tuch über die Augen und mit den beiden anderen Tüchern fesselst du ihm seine Beine. Mit dem Seil bindest du es dir auf den Rücken und dann steigst du ganz langsam und vorsichtig hinunter und konzentrierst dich immer nur auf den nächsten Schritt. Halte dich beim Abstieg am Gras und an den Büschen fest, die fest in den Felsen verwurzelt sind, und kümmere dich nicht um das Blöken des Lammes. Du bist ein mutiger Junge, und ich bin sicher, wenn du tust, was ich dir sage, sind wir bald wieder sicher auf dem Weg nach Hause."

Kirmin lächelte sie an, nahm das Seil und die drei Tücher und begann vorsichtig, wieder die Höhe zu erklimmen. Der nächste Schritt war jedoch nicht einfach. Er fand jedoch viele der süßen, gelben Blumen, pflückte sie und bot sie dem Lamm an. Schließlich fing er das verängstigte Tier mit dem Seil ein und zog es von der gefährlichen Stelle weg. Während es die Blumen verspeiste, band er ihm mit den Tüchern die Beine und verband ihm die Augen. Schließlich legte er es sich um die Schultern und band es fest mit dem Seil um seinen Körper.

Nun begann der schwierigste Teil. Er wiederholte jedoch ständig in Gedanken, was die alte Frau ihm gesagt hatte, ignorierte das Blöken des Lammes, konzentrierte sich auf jeden einzelnen Schritt und war schließlich schneller wieder unten und in Sicherheit, als er gedacht hatte.

„Shabash! Mein Sohn!“ sagte die alte Frau zu ihm, als er wieder bei ihr angelangt war. „Du bist wirklich ein Held! Nun werde ich dich sicher in dein Dorf begleiten und dann schnell nach Hause zurückkehren.“ So nahm der Junge das Lämmchen auf die Arme, nachdem er das Seil und die Tücher entfernt hatte, und sie schlugen den Weg ins Dorf ein.

Inzwischen war es schon Nacht geworden und die Dorfbewohner schliefen tief und fest, als sie im Dorf ankamen. Nur Kirmins arme Mutter war noch auf und weinte aus Angst um ihren Sohn, von dem sie annahm, dass ihm die alte Hexe ein Leid angetan hatte. Was war das für eine Überraschung und Freude, als ihr Sohn wieder gesund und munter zurückkehrte und in seinen Armen das Lamm trug.

Die alte Frau jedoch war leise weggehuscht, als sie sicher war, dass der Junge gut daheim angekommen war. Er erzählte seiner Mutter die Geschichte und versicherte ihr, dass die alte Frau keine Hexe war, sondern eine sehr kluge Frau, und dass es eine Schande wäre, sie so zu behandeln.

Am nächsten Tag kannte das ganze Dorf die Geschichte. Und als Kirmin die alte Frau aufsuchte, um das Seil und die Tücher zurückzubringen, ging fast das ganze Dorf mit ihm. Und alle waren so beschämt über ihr bisheriges Verhalten, dass sie die Hände falteten und die alte Frau um Vergebung und ihren Segen baten. Sie beschworen sie, mitzukommen und mit ihnen zu leben, und ihnen Mutter und Führerin zu sein. Die alte Frau willigte gerne ein, denn sie hatte sich bisher sehr einsam gefühlt. Sie lebte bis zu ihrem Tod noch viele, lange, glückliche Jahre bei ihnen. Sie half ihnen, ihren Aberglauben zu überwinden und lehrte sie, ihren Verstand und Kopf zu gebrauchen, und sich nicht von dummen, abergläubischen Ängsten beherrschen zu lassen.

Kanjis Hund

Es war einmal ein armer alter Mann. Als er im Sterben lag, rief er seinen ältesten Sohn zu sich und fragte ihn, was er über die wenigen Dinge, die er besaß, verfügen sollte, bevor er starb.

Kanji, so hieß der Sohn, war ein sehr bedächtiger junger Mann und er sprach: „Lieber Vater, mögest du noch viele goldene Jahre mit uns leben, wenn es Gott jedoch gefällt, dich an einen anderen Ort zu bringen, so würde ich dich bitten, diese Hütte unserer Mutter zu vermachen, die nach deinem Ableben zur Witwe wird und nicht für sich alleine aufkommen kann. Das Stück Land, das du besitzt, gib meinem jüngeren Bruder, der noch zu jung ist, um etwas anderes zu machen, als den Boden zu bebauen."

„Und was ist mit dir, mein lieber Sohn?" fragte der Vater. „Willst du nichts für dich selbst?"

„Mach dir um mich keine Gedanken, mein lieber Vater", sprach da Kanji. „Alles, was ich von dir möchte, ist dein Segen. Ich bin alt und stark genug, um für mich selbst zu sorgen. Und ich hoffe, dass ich bald meinen Weg machen werde."

Der Vater freute sich sehr, das zu hören, legte Kanji seine Hand auf den Kopf und segnete ihn mehrmals. Dann nahm er eine alte Börse unter seinem Kopfpolster hervor, überreichte sie seinem Sohn und sprach: „Nimm diese Börse als Andenken an mich. Möge sie immer mit dem gefüllt sein, das du brauchst. Aber widerstehe der Versuchung, ihre Kräfte für selbstsüchtige Motive zu missbrauchen." Kanji danke seinem Vater für alles und der alte Mann fiel in einen seligen Schlummer, aus dem er nicht mehr erwachte.

Einige Monate später nahm Kanji Abschied von Mutter und Bruder und machte sich, begleitet von ihrem Segen, auf den Weg. Die Börse seines Vaters nahm er mit sich. Seine Mutter hatte ihm noch etwas Wegzehrung mitgegeben und Kanji fühlte sich so glücklich und leicht ums Herz wie ein Vogel.

Viele Tage lang trottete er die Straße entlag, die er eingeschlagen hatte, in der Hoffung, in eine Stadt zu kommen und dort Arbeit zu finden. Bisher war aber noch kein Anzeichen davon zu sehen. So entschloss er sich schließlich, etwas auszuruhen und den Rest der Lebensmittel zu verspeisen, die seine Mutter ihm mitgegeben hatte, als er einen bedauernswerten kleinen Hundemischling näher kommen sah. Kanji war ein gutherziger Junge. Er gab sein Essen dem Hund und reichte ihm sogar Wasser in einer Kokosnussschale. Der Hund kam näher und leckte ihm die Füße, um ihm seine Dankbarkeit zu zeigen und ließ ihn durch sein Verhalten wissen, dass er ihm von nun an nicht mehr von der Seite weichen würde. Auch Kanji freute sich über seinen neuen Freund und beide, der Junge und der Hund streckten sich unter einem Baum aus und waren bald eingeschlafen.

Sie hatten kaum eine Stunde geschlafen, als sie rüde von drei Männern geweckt wurden, die den Jungen all seiner Sachen berauben wollten. Der Hund jedoch, so schwach er auch sein mochte, fiel mit solcher Wildheit über sie her, dass sie sich bald verängstigt davonmachten. Kanji freute sich sehr über den kleinen Hund und nahm ihn mit sich, als er am nächsten Tag seinen Weg fortsetzte.

Schließlich erreichten sie eine große Stadt, wo offensichtlich ein Festtag gefeiert wurde und an jeder Straßenecke Flöten gespielt und Trommeln geschlagen wurden. So fragte der Junge einen alten Mann nach dem Grund für all diesen Jubel. „Ja weißt du denn nicht, dass heute der Tag ist, an dem unsere geliebte Prinzessin

Tara ihren Swayumvar abhält?“ Was bedeutete, dass dies der Tag war, an dem die Prinzessin einen Mann auswählte.

„Nein“, antwortete Kanji. „Ich bin fremd hier und eben erst auf der Suche nach Arbeit angekommen, wie hätte ich das wissen können?“

„Wenn du Arbeit suchst“, entgegnete der alte Mann, „fragst du am besten am Palasttor, denn ich bin sicher, dass sie dort heute mehr als genug Arbeit haben. Es sind viele hübsche Prinzen angekommen, also wird man dich nicht abweisen.“

Kanji dankte dem alten Mann und begab sich mit seinem Hund zum Tor des Palastes.

„Was willst du hier mit deinem schmutzigen Köter?“ fragte ihn die Palastwache, als er Kanji herankommen sah.

„Ich suche Arbeit im Palast, da mir gesagt wurde, dass es heute viel zu tun geben soll“, entgegnete Kanji.

„Sicher gibt es für dich viel Arbeit, aber erst musst du diesen Köter verjagen“, sagte die Wache.

„NIEMALS!“ antwortete Kanji wütend. „Er und ich, wir werden uns niemals trennen, so lange wir leben!“

„Dann verschwinde von hier, so kann ich dich nicht durchs Tor lassen“, sagte die Wache, stieß Kanji derb beiseite und schloss das Tor.

Es geschah jedoch, dass die Prinzessin aus einem vergitterten Fenster gesehen hatte, um einen Blick auf die Prinzen unten zu erhaschen. So sah und hörte sie alles, das an ihrem Tor geschehen war. Sie sandte ihre Zofe mit dem Befehl zur Wache, das Tor zu öffnen und den Jungen einzulassen. Dann trat sie auf den Balkon, wo sie glaubte, nicht gesehen zu werden, und erteilte dem Gärtner den Auftrag, dem Jungen Arbeit zu geben.

„Wenn er sich schon um einen Hund so sorgt, muss er ein guter Mensch sein“, sagte sie zu einer ihrer Zofen. Und insgeheim beschloss sie, ihn sich zu ihrem Gatten auszuwählen.

Kanji, der unten gewartet hatte, sah die Prinzessin und verliebte sich auf der Stelle in sie. In seinem Kopf war nun kein Platz mehr für Arbeit, denn alles, was er wollte, war, sich wie ein Prinz zu kleiden und um die Hand der Prinzessin zu werben. So stellte er sich in eine Ecke, nahm die Börse zur Hand und schüttelte sie kräftig. Er hatte nämlich herausgefunden, dass immer einige Rupien aus der Börse fielen, so oft er sie schüttelte. Als er schließlich einen kleinen Haufen Geld beisammen hatte, verließ Kanji die Arbeit und begab sich zum Markt, um sich ein Pferd und Kleider zu kaufen, die einem Prinzen angemessen waren. Der arme Hund legte ihm die Pfote auf die Hand und tat sein Möglichstes, um ihn zurückzuhalten, als er sah, dass sein Herr die Macht der Börse missbrauchte. Kanji jedoch schob ihn zur Seite und befahl ihm, sich um seine eigenen Angelegenheiten zu kümmern und sich von ihm fern zu halten.

Der arme Hund war so unglücklich, auf solche Art weggescheucht zu werden, dass er nicht wusste, was er tun sollte. So entschloss er sich, vor dem Tor auf die Rückkehr seines Herrn zu warten.

Kanji kam am Abend in den Palast zurück. Nun, da er wie ein Prinz gekleidet war, erlaubte ihm die Palastwache unter vielen Verbeugungen den Eintritt und rief die anderen Diener herbei, um es ihm im Palast gemütlich zu machen.

Als Kanji mit den Prinzen wartete, kam eine große Prozession auf sie zu. An ihrer Spitze war Prinzessin Tara, die eine Girlande in den Händen trug. Alle Prinzen drängten sich vorwärts, um die ihrer Meinung nach vorteilhafteste Pose einzunehmen, während ihre Diener ihre Loblieder über sie sangen. Die Prinzessin jedoch blickte weder links noch rechts, sie hielt nur nach dem armen Jungen mit seinem Hund Ausschau.

Als Kanji die Prinzessin näher kommen sah,

stellte er sich in seinem neuen Gewande keck in den Weg, sie jedoch schob ihn schroff zur Seite und schritt ungerührt an ihm vorbei. Der Junge war schwer in seinem Stolz getroffen und schlich sich still davon, vor das Tor. Dort fand er seinen armen Hund, der auf ihn wartete. Er stieg vom Pferd und nahm das arme Tier in den Arm und drückte es liebevoll an sich. „Wenn ich auf dich gehört hätte, als du versuchst hast, mich an die Worte meines Vaters zu erinnern, so hätte ich heute nicht diesen Schmerz erleiden müssen“, sagte er. „Du kannst aber sicher sein, mein Freund, dass ich es nicht wieder vergessen werden.“ Dann verkaufte er sein Pferd und die schönen Kleider einem anderen Burschen und war bald wieder unterwegs auf der Straße.

Die Nacht war hereingebrochen und Kanji und sein Hund lagen unter einem Baum, als sie hörten, wie sich ihnen eine Gruppe von Männern näherte. Da sie glaubten, dass es sich wieder um Räuber handelte, erklommen Kanji und sein Hund schnell den Baum und verhielten sich ganz still. Als die Gesellschaft jedoch näher kam, wen sahen sie da: die Prinzessin selbst war es, die in ihrer Sänfte unter ihnen vorbeizog. Bei ihrem Anblick zitterte Kanji vor Freude, denn sie war so schön, dass sie selbst den Mond überstrahlte. Der Hund bemerkte die

Unruhe seines Herren und begann zu heulen, weil er dachte, es wäre etwas nicht in Ordnung. Die Prinzessin hörte ihn und befahl den Sänftenträgern anzuhalten und herauszufinden, was los sei. Sie hatte sich nur aus dem einen Grund auf den Weg gemacht, den Hund und seinen Herrn zu finden, und sie fragte sich, ob die beiden sich nicht etwa in dem Baum versteckt hielten.

Die Sänftenträger fanden die beiden schnell und halfen ihnen, vom Baum zu steigen. Kaum, dass die Prinzessin sah, wer die beiden waren, warf sie die Blumengirlande um Kanjis Hals und erklärte ihn zu ihrem Ehemann, sehr zum Erstaunen und zur Verwunderung aller Anwesenden.

Kanji fragte die Prinzessin, warum sie ihn nun aufsucht und zu ihrem Gatten erwählt, nachdem sie ihn weggestoßen hatte, als er wie ein Prinz gekleidet gewesen war. „Wenn du deinen treuen Kameraden mitgebracht hättest, hätte ich dich erkannt. Da du ihn aber irgendwo anders gelassen hattest, kamst du mir vor, wie eine billige Imitation eines richtigen Prinzen. Wie hätte ich dich also erkennen sollen?“ sprach sie. „Es war deine Liebe zu diesem Tier, die mein Herz gewonnen hat. Du darfst dich also niemals von ihm trennen“, fügte sie hinzu.

Kanji war so überglücklich dies zu hören, dass er ihr zu Füßen fiel und ihr dankte.

Unter großem Jubel kehrten sie in den Palast zurück und Kanji sandte nach seiner Mutter und seinem Bruder, damit diese der Hochzeitsfeier beiwohnen konnten, die einige Tage später mit großem Pomp und Aufwand begangen wurde.

Niemals mehr ließ Kanji seinen Hund von seiner Seite, dessen Verdienst es war, dass ihm so viel Glück widerfahren war. Auch bewahrte er die Worte seines Vaters und missbrauchte niemals die Macht der Börse, die ihm übergeben worden war. Und im ganzen Land war er als der selbstloseste Prinz bekannt, der jemals die Krone getragen hatte.

Der freundliche Baum

Es war einmal ein freundlicher Baum, der wuchs am Ufer eines Flusses namens Kavery. Sein Stamm war so dick, dass ein Dutzend Kinder nicht ausreichte, um ihn zu umfassen. Und seine Äste waren so breit, dass eine ganz Herde Schafe darunter Schutz finden konnte.

Im Frühling, wenn alle Bäume ihr neuestes Gewand anlegten und das Gras unter ihnen mit wilden Blumen übersät war, dann legte der freundliche Baum sein reichstes Kleid an, voller roter Beeren und lieblicher gelber Blüten.

Die Kinder kamen von nah und fern, um von den Beeren zu essen, und die Hausfrauen vergaßen nicht, einen Strauß seiner duftenden Blüten mitzunehmen, um damit das Essen zu würzen.

Die Blätter wiederum waren sehr beliebt bei Schaf und Rind, und so wurde der Baum täglich geplündert. Da er jedoch von Natur aus sehr großzügig war, ließ er alles, was abgerissen wurde, immer wieder nachwachsen.

Viele, viele Jahre gingen ins Land, während Generationen von Kindern in seinem Schatten spielten, aufwuchsen, Bauern und Hirten wurden, alterten und schließlich starben. Der freundliche Baum jedoch blieb über all diese Jahre so gütig wie er immer gewesen war.

Dann, eines Tages, wurde nahe des Ufers, wo der Baum stand, eine breite Straße gebaut. Jeden Tag keuchte eine riesige Dampfwalze vor und zurück und zertrümmerte Steine und Erde unter ihren eisernen Rädern. Die Leute im Dorf erfuhren, dass der freundliche Baum umgeschlagen werden sollte, um Platz für die Straße zu machen und man kann sich ihre Betrübnis vorstellen, als sie dies hörten.

Vereint gingen sie zu den zuständigen Behörden, um für den Baum zu sprechen. Vergeblich jedoch hoben sie hervor, welch eine Freude er für Reisende sein würde. Die Behörden weigerten sich aber zuzuhören. „Wisst ihr denn nicht, dass es uns fast tausend Rupien kosten würde, eine Kurve zu bauen, nur um euren Baum zu retten?“ sagten sie. Die armen Dorfbewohner blickten einander traurig an, denn tausend Rupien waren eine Menge Geld. Dann wagte sich einer von ihnen schüchtern hervor: „Wenn euch jemand dieses Geld zahlte, würdet ihr den Baum dann in Ruhe lassen?“

„Wir können diesen Vorschlag in Erwägung ziehen“, sagten die Beamten, und entließen die Leute unfreundlich. Die armen Dorfbewohner gingen heim, aber keiner von ihnen konnte in dieser Nacht ruhig schlafen. Jeder Mann besprach die Sache mit seiner Frau und entschloss sich, einen Teil seiner Rinder, Schafe oder seines Landes herzugeben. Und jede Frau bestand darauf, einen Teil ihres Schmuckes zu opfern. Für sie alle war der Baum, unter dem sie gespielt hatten und aufgewachsen waren, wie ein Großvater, und es war undenkbar für sie, dass er gefällt werden sollte. So gingen sie alle am nächsten Tag in die nahe Stadt und trennten sich lächelnd von ihrem Eigentum, um dann den Beamten das Geld zu überreichen.

Der freundliche Baum war gerettet, und wie um seine Dankbarkeit für alle, die um seinetwillen Opfer gebracht hatten, zu zeigen, strengte er sich jedes Jahr mehr und mehr an, um jung und alt zu erfreuen.

So gingen viele Jahre vorbei, und schließlich war der Baum so alt, dass er sich gefährlich schief über das Ufer des Flusses beugte.

Das folgende Jahr brachte schwere Regenfälle, die all die Ernte vernichteten und die Dorfbewohner dem Hunger preisgaben. Als wäre das noch nicht genug, wurde auch noch ihr geliebter Baum entwurzelt und krachte ins Wasser, wobei er nur zum Teil noch am Ufer festgehalten wurde.

Nun blieb, nachdem die Regenfälle aufgehört

hatten, nichts anderes übrig, als ihn zu zersägen und das Holz zu verkaufen, das zu schade war, um es als Brennholz zu verwenden. Außerdem, brauchten sie nicht das Geld, um Lebensmittel für ihre Familien zu kaufen? So machten sich die Dorfbewohner also schweren Herzens an die Arbeit.

Als sie schließlich alle Äste entfernt hatten und den Stamm zersägen wollten, stießen sie auf etwas, das so hart war, dass es die Zähne der Säge stumpf machte, und sie nicht weitersägen konnten.

Ganz verwundert über dieses ungewöhnliche Hindernis begannen die Dörfler ihre Äxte zu gebrauchen. Und schließlich entdeckten sie einen uralten Topf aus Kupfer, der mit Münzen und Juwelen gefüllt war. Niemand wusste, wie er dort hingekommen war. Vor beinahe einem Jahrhundert, als der Baum noch sehr jung gewesen war, hatte jemand den Stamm ausgehöhlt und den Topf darin versteckt. Wie treu hatte doch der Baum diesen Schatz behütet! Und wie gut hatte er doch den Zeitpunkt ausgewählt, ihn den hungernden Leuten zu übergeben!

So hatte der freundliche Baum sogar in seinem Tod noch seine Treue und Nützlichkeit unter Beweis gestellt. Ist es darum verwunderlich, dass man sogar heute noch, wenn man dort am Ufer des Flusses vorbeikommt, eine Steintafel erblickt, auf der nur wenige Worte geschrieben sind: „Hier wuchs der freundliche Baum."

Und die Straße macht einen großen Bogen darum.

Prinzessin Petunia nimmt sich einen Gatten

Im Blumenland herrschte großer Jubel, denn man feierte Prinzessin Purpurblüte Petunias Geburtstag, und da es der Tag war, an dem sie volljährig wurde, wollte ihr Vater, der Petunienkönig, ihr unter den geladenen Prinzen einen Mann suchen.

Die Glockenblumen hatten schon seit dem Morgengrauen ihre Glockenköpfchen geläutet, und die Nelken und Stiefmütterchen eilten geschäftig hin und her, um die Prinzessin bei der Bewirtung ihrer Gäste zu unterstützen und die Geschenke zu arrangieren, die sie mitgebracht hatten.

Die Bienen hatten die Hügel durchstreift, um ihren süßesten Honig zu sammeln, die Ameisen brachten ihre größten Zuckerwürfel herbei, und die Vögel, die sich nicht ausstechen lassen konnten, flogen in weit entfernte Länder, um seltene Früchte und Samen zu bringen. Und jede einzelne Blume hatte ihr wohlriechendstes Parfüm destilliert, das sie nun der Prinzessin in winzig kleinen grünen Flaschen aus Blütenstielen überreichten, die mit einem Gemisch aus

Pollen und Tau verschlossen waren.

Die Prinzessin war so glücklich, dass sie alle küsste, als sie sich bedankte. Sogar die hässlichen Kröten, die Schlangen, Skorpione und Tausendfüssler, die nichts anderes zu schenken hatten als ihr Gift und ihre Stachel, wurden mit der gleichen Liebe und Freundlichkeit behandelt. Denn die Prinzessin wusste, dass diese armen Geschöpfe ihr ihre kostbarsten Besitztümer zum Geschenk gemacht hatten, ohne die sie sogar ihr Leben verlieren konnten.

Prinzessin Purpurblüte hatte eine jüngere Schwester, die Prinzessin Malve gerufen wurde. Prinzessin Malve war ein hübsches Mädchen, aber unglücklicherweise war sie so eifersüchtig auf die Beliebtheit ihrer älteren Schwester, dass sie in ihrem Zimmer saß und Grimassen schnitt, anstatt herauszukommen und an der allgemeinen Freude teilzuhaben. Niemand jedoch vermisste sie wirklich, denn sie war zu stolz, um sich mit dem einfachen Volk abzugeben, und das einfache Volk mochte sie ebenfalls nicht.

Als der Tag fortschritt, trafen mehr und mehr Prinzen aus Blumenland mit ihrem Gefolge ein, und es war wirklich ein wunderschöner Anblick, all diese Blumen und Blüten an einem Ort versammelt zu sehen.

Unter jenen, die gekommen waren, befand sich auch der hübsche König der Abendschönchen. Er war bis jetzt noch Junggeselle geblieben, da er bisher kein Mädchen getroffen hatte, das die Prüfungen bestanden hätte, die er ihr auferlegt hatte. Man hatte jedoch so viel von Prinzessin Purpurblüte erzählen hören, dass seine Untertanen ihn gedrängt hatten, sie zur Gemahlin zu gewinnen. Er versprach dies zu tun, sollte sie die Prüfungen bestehen, die er ihr auferlegen wollte. So kleidete er also seinen Hofnarren in seine eigenen weißen Kleider und ließ ihn sein weißes Schlachtross reiten, während er selbst sich als Kaktus verkleidete und auf einem Esel hinterher ritt.

Als sie am Hofe König Petunias ankamen, hatten die Geburtstagsfeierlichkeiten ihren Höhepunkt erreicht, und Prinzessin Purpurblüte hatte sich unter die Leute gemischt und nahm ihre Glückwünsche entgegen. Prinzessin Malve jedoch saß nur in Gesellschaft der Zofen hochmütig und unnahbar auf einem Podium. Als das weiße Pferd mit seinem Reiter erschien, gefolgt von dem Esel mit dem Kaktus, lachte sie so sehr, dass sie beinahe von ihrem Stuhl fiel. Natürlich wurde der arme Esel mit seiner Last zur entferntesten Ecke des Garten gewiesen. Prinzessin Purpurblüte, die bemerkte, welche

Beleidigung ihrem Gast angetan wurde, bedauerte ihn sehr. Kaum, dass sie davon schlüpfen konnte, ging sie zum Esel und führte ihn auf ihren eigenen Rasen, wo er glücklich grasen konnte. Dann wandte sie sich an den Kaktus, der unter dem Schatten eines Baumes stand und sprach: „Edler Herr, ich bedauere so sehr, dass Ihr gezwungen wart, Eure Gesellschaft zu verlassen, aber würdet Ihr mir wohl die Ehre erweisen, mein Gemahl zu werden?“

Der Prinz war so überrascht von der plötzlichen Frage, dass er für einige Zeit nicht antworten konnte. Schließlich entgegnete er: „Euch heiraten? Die Leute werden glauben, dass ihr Euren Verstand verloren habt! Außerdem bin ich voller Dornen, ich würde Euch nur verletzen.“

„Lieber würde ich von Euch verletzt werden als von einem anderen liebkost. Etwas sagt mir, dass unter Eurem stacheligen Äußeren ein gutes und liebevolles Herz schlägt. Würdet Ihr mir also die Ehre geben und mich zu Eurer Frau nehmen?“

„Wenn Ihr darauf besteht, habe ich wohl keine andere Wahl“, sprach da der König und Hand in Hand kehrten sie zum Rest der Gesellschaft zurück.

Als der Vater sah, wen sie sich da zum Mann

auserkoren hatte, brachte er kein einziges Wort hervor. Und sogar ihre besten Freunde konnte nicht verstehen, warum sie sich gerade ein so hässliches und abstoßendes Geschöpf erwählt hatte, wenn sie doch aus einer so großen Schar von Prinzen hatte wählen können. Prinzessin Purpurblüte jedoch blieb fest, ihre Wahl war endgültig, und niemand konnte etwas daran ändern.

Prinzessin Malve, die fürchtete, dass das weiße Schlachtross mit seinem Reiter für immer aus ihrem Leben verschwinden würde, beschwor ihre Eltern, ihn als ihren Ehemann wählen zu dürfen, obwohl sie noch nicht volljährig war. Der Vater, der so enttäuscht über die Wahl seiner ältesten Tochter war, stimmte bereitwillig zu. So wurde also an diesem Tag eine Doppelhochzeit gefeiert. Kaum waren jedoch die Paare zu Mann und Frau erklärt worden, verwandelte sich der Kaktus wieder in den hübschen König der Abendschönchen, während der andere wieder zum Hofnarren wurde, der seine frisch vermählte Gattin mit Tanzen und Sprüngen erfreute. Prinzessin Malve brach in Tränen aus und klagte ihre Schwester an, diesen Betrug erdacht zu haben. Ihr Vater, der König, war so zornig, dass er seine älteste Tochter und Ihren Ehemann aus seinem Königreich verbannte. Vergeblich beteuerte Prinzessin Purpurblüte ihre Unschuld, ihr Vater wollte nicht auf sie hören. Schließlich entschloss sich ihr Gemahl, die Wahrheit ans Licht zu bringen, was er auch unverzüglich tat. Und außerdem versprach er, seinem Hofnarren eine gute Erziehung angedeihen zu lassen und ihm die Hälfte seines Königreiches zu schenken. Alle freuten sich sehr, als sie das hörten, und beide Prinzessinnen verließen den Hof, um bei ihren Ehegatten zu leben. Als ihr Vater starb, und da er keinen Sohn hatte, bestanden seine Untertanen darauf, dass der König der Abendschönchen über sie herrschen sollte. Und die Leute waren glücklich, als ihre geliebte Prinzessin Purpurblüte wieder zurückkehrte, um gemeinsam mit Ihrem Gatten das Land als Königin zu regieren.

Der Mann, der Rosen züchtete

Im grünen Herzen eines lieblichen Tales, in dem der Gesang der Amseln und Pirole erklang, stand ein hübsches kleines Landhaus mit dem Namen „Feental". Darin lebte der Mann, der Rosen züchtete. Wenn ihr mich nach seinem Namen fragt, oder woher er gekommen war, so fürchte ich, dass ich euch keine Antwort geben kann. Denn als ich ihn kennen lernte, war ich noch ein Kind und Kinder kümmern sich nicht um die Namen von Menschen oder Orten. Für uns Kinder war der Mann selbst wichtig, und was er tat. Und er tat wundervolle Dinge. Es gab auf der Welt keine Rose, die er nicht züchten konnte und keinen anderen Garten auf Erden, wie jener, den er um sein kleines Heim angelegt hatte. In ihm, so sagte man, wohnten sogar die Feen.

Natürlich gab es auch andere Gärten in diesem grünen und fruchtbaren Tal. Aber trotzdem diese auch voll von vielen lieblichen Blüten waren, so traf man doch nirgends sonst auf die Rose, die Königin der Blumen, in solcher Pracht und Vielfalt.

Jede Rosenart hatte natürlich ihren eigenen Namen. Es waren jedoch nicht Namen, wie man sie üblicherweise in Blumenkatalogen findet, wie „Paul Neron" oder „Schwarzer Prinz" oder „Braut". Sondern jeder Name war nach gründlicher Erwägung gewählt worden und sprach von den Vorzügen und den Besonderheiten dieser speziellen Rose.

So gab es zum Beispiel jene, die nahe am Tor wuchs, und die „Süße Träume" hieß. Und wahrhaftig, wenn man ihre zarten Blütenblätter betrachtete, die den zarten Schimmer der Dämmerung trugen, konnte man nicht an ihrer Macht zweifeln, die süßesten Träume zu spenden, die man sich nur vorstellen konnte!

Eine andere wiederum, die die kleinen Fenster des Häuschens fast verdeckte, hieß „Sonnenschein". Und wirklich konnte man die Wärme ihrer Farbe fast auf der Haut fühlen. Von derjenigen Rose, die „Lachen" genannt wurde, perlte die Fröhlichkeit nur so in die Luft, wenn sich die reinen weißen Blüten im Wind hin und her neigten.

Jene, die „Glück" genannt wurde, besaß die Fähigkeit – da bin ich mir ganz sicher – alle Spuren der Sorge und des Leids aus dem Herzen zu verbannen. Und wirklich gab es niemals einen unglücklichen Menschen, der diesen Garten besucht und sich an diesem Wunder aus Rosa und Gold ergötzt hatte, ohne dass seine

Sorgen verblasst wären wie die Sterne im Morgenlicht.

Es gab noch viele andere, ebenso schöne und erstaunliche Rosen. Und nicht nur als ich ein Kind war, sondern auch heute glaube ich noch, dass das Feenreich nicht verzauberter hätte sein können und der Himmel selbst nicht wohlriechender als dieser kleine Garten, der ganz zu Recht „Feental" genannt wurde.

Jedes Jahr, wenn die Rosen in Blüte standen, kamen die Leute von Nah und Fern wie zu einem Heiligtum, und gingen mit einem Geschenk des Gärtners wieder fort. Die Kostbarkeiten wurden ebenso frei gegeben wie sie unbezahlbar waren. Denn um kein Geld der Welt hätte man sie anderswo kaufen können.

Und jedes Jahr, zur Ferienzeit, gingen auch wir in dasselbe kleine Tal und trafen dort denselben alten Gärtner, der uns in seinem kleinen Garten willkommen hieß, uns seine neuesten Schöpfungen zeigte und uns erlaubte, jede Rose zu küssen, die uns gefiel.

Wenn es jedoch darum ging, die Rosen zu pflücken, war er sehr eigen. Und keinem war es erlaubt, auch nur die verwelkteste seiner Blüten zu pflücken. Nur er alleine durfte sie von ihren Gefährten trennen. Und das tat er dann mit vielen Worten liebevollen Zuspruchs und der

Entschuldigung für den Schmerz, den er zufügte.

Niemals wurde ein Strauch mehr als einer Blüte auf einmal beraubt, ungeachtet der verschwenderischen Üppigkeit, in der sie auch wachsen mochten. Wie er zu sagen pflegte, war dies, als ob man einer Mutter ihr Kind wegnehmen würde. Und welche Mutter trennte sich auch gerne von einem ihrer Kleinen, gleichgültig, wie viele ihr auch noch bleiben mögen? Daraus kann man sehen, wie sehr er seine Rosen liebte und wie viel er von ihnen verstand.

Es kam ein Tag, an dem wir einen bösen Schock erlitten. Es war nicht die Erschütterung über seinen Tod. Denn das alleine wäre schon schrecklich genug gewesen. Der größere Schock war das Verschwinden des Gärtners selbst und die Tatsache, dass er durch einen rüden jungen Mann ersetzt wurde, der Brillen trug.

Wie üblich wollten wir unseren Freund während der Divali Feiertage besuchen und in seinem lieblichen Garten spielen. Jedoch lief uns kein lächelnder alter Gärtner mit seinem zerdrückten Strohhut entgegen, der für uns das Gatter öffnete und uns freundlich begrüßte „Kommt doch herein, kommt herein. Wie geht es Euch, meine Kleinen?“ und der meinen Vetter immer mit denselben Worten bedachte „Du liebe Zeit! Wie Du gewachsen bist! Du wirst bald größer sein als die größten meiner Rosen." Statt dessen stand ein großer, muskulöser Mann mit gerunzelter Stirn vor uns und scheuchte uns mit den Worten fort „Schaut, dass ihr weiterkommt! Und wagt es nicht, noch einmal herzukommen!"

Mein Freund Nadir, der ein bisschen tapferer als wir anderen waren, blieb stehen und sagte: „Wir sind nicht gekommen, um SIE zu sehen... Wir sind wegen dem alten Gärtner gekommen, der hier wohnt, und der unser Freund ist."

„So. Ist er also eurer Freund! So, so", entgegnete der ungehobelte Mann. „Dann geht und sucht ihn anderswo, hier lebt er nicht mehr."

„Können wir in dem Garten spielen, so wie früher?" fragte mein Vetter, der unglücklich war bei dem Gedanken, fortzugehen, ohne seinen alten Freund gesehen zu haben.

„In diesem Garten spielen!" schrie der junge Mann. „Wirklich, ihr müsst verrückt sein, so etwas zu denken! Ein Haufen Bälger wie ihr würde den Garten sofort ruinieren! Macht, dass ihr verschwindet und zwar schnell, oder ich hole einen Stock und prügle euch fort!"

Wir waren so erschrocken und entsetzt, dass wir nichts antworten konnten und nur dastanden und auf die armen, halbtoten Rosen blickten, die ihre Köpfchen hängen ließen. Und die sich ebenso miserabel fühlten wie wir selbst.

Dann flüsterte mir Nadir etwas ins Ohr: „Ich weiß, was mit dem alten Mann passiert ist. Er wird in der Hütte gefangen gehalten, und dieser andere ist ein Pirat, der ihm den Garten weggenommen hat. Siehst du nicht das rote Taschentuch, das er um den Kopf gebunden trägt?"

„Ein Pirat!" sagte ich erstaunt. „Du meinst ein Räuber?"

„Ich meine einen dieser fiesen Kerle, die sich Taschentücher um den Kopf binden und eine Bande von Räubern anführen."

„Schon gut! Schon gut! Seid still", sagte mein Vetter, der immer nervöser wurde. „Lasst uns nicht hier stehen bleiben und diskutieren. Er kann jeden Moment seine Räuber rufen, die uns in eine Höhle oder ein Verließ schleppen. Kommt, laufen wir weg, um die Polizei zu rufen."

So stürmten wir Hals über Kopf davon und schrieen lauthals „Polizei! Polizei!", jedoch kein einziger Polizist antwortete uns.

Wir waren noch nicht weit gekommen, als wir einen Briefträger auf seiner Runde trafen. Wir erzählten ihm von unserem Verdacht, sobald wir wieder bei Atem waren. Der Postbote jedoch lachte herzlich. „Ihr Kinder kennt also die Geschichte nicht“, sagte er. „Und wenn ich jetzt hier stehen bleibe, um sie euch zu erzählen, werde ich meine Briefe zu spät abliefern. Geht also in das kleine Haus dort drüben. Die alte Dame, die dort wohnt, wird sich über euren Besuch freuen und euch alles erzählen.“

Das musste er uns nicht zweimal sagen. Schon rannten wir zu dem Haus, auf das er gezeigt hatte und klopften ans Tor. Und wie der Briefträger gesagt hatte, kam eine kleine alte Dame mit silbernem Haar heraus, das sie zu einen Knoten gebunden hatte. Sie lächelte uns so liebevoll an, dass wir unsere Sorgen vergaßen.

„Nun lasst mich einmal sehen“, sagte sie und blinzelte uns an, während sie, auf einen Stock gestützt, näher kam. „Seid ihr Menschenkinder? Oder seid ihr Elfen?“

„Wir sind Kinder“, riefen wir im Chor, erfreut, dass sie uns für Elfen gehalten hatte. Denn das konnte nur zweierlei bedeuten: entweder sahen wir wie Elfen aus, was sehr schmeichelhaft war, oder die Elfen hatten die Gewohnheit, diesen Ort zu besuchen, was ebenso aufregend war.

Die alte Dame öffnete uns das Tor und wir

trotteten hinter ihr her. Sie ließ uns auf einer Matte auf der Veranda Platz nehmen, während sie ins Haus ging um Erdbeeren zu holen, die sie in ihrem Garten gezogen hatte. Wir waren nach dem Laufen so hungrig, dass wir die Beeren bald weggeputzt hatten. Und sogar vergaßen, weswegen wir gekommen waren.

„Kommen hier wirklich Elfen her?" fragte ich schüchtern.

„Natürlich, mein Kind", sagte die alte Dame. „Sie kommen nicht nur her, sie leben sogar die ganze Zeit hier."

„Wo?" fragten wir wie aus einem Mund.

„Ach, überall hier", sagte sie und sah nach allen Seiten. „Seit dieser ekelhafte junge Mann „Feental" übernommen hat, sind sie von dort geflohen und leben nun in meinem Garten."

„Oh", sagte ich. „Jetzt fällt es mir wieder ein. Wir sind hierher gekommen, um Sie nach Feental zu fragen. Wo ist der alte Mann, der dort gelebt hat? Der Postbote sagte, Sie würden uns alles erzählen."

Bei diesen Worten wurde die alte Dame sehr ernst. „Das ist eine traurige Geschichte, meine kleinen Lieblinge, und ich würde euch nicht gerne eure kleinen Köpfe damit voll machen. Da ihr es aber wissen wollt, kann ich euch so viel sagen. Feental gehörte einem alten Herren, der die Hütte nur selten besuchte. Vor einigen Monaten jedoch starb er und hinterließ alles seinem Neffen. Dieser junge Mann verlor keine Zeit und kam hierher. Und als er die schönen Rosen sah, pflückte er sie und führte eine ganze Wagenladung von ihnen fort. Der alte Gärtner war in Tränen ausgebrochen, als er seine geliebten Rosen so herzlos behandelt sah. Aber was konnte er machen? All sein Protest war vergeblich. Und als wäre das nicht genug, erhielt er einige Tage später die Aufforderung, den Ort zu verlassen. Und der rüde junge Mann, von dem ihr erzählt habt, wurde statt ihm hier eingesetzt. Er soll sehr klug sein und sich sogar einen Titel als Rosenzüchter erworben haben. Bisher hat er es jedoch nicht geschafft, auch nur eine einzige Blüte selbst zu ziehen, die es wert wäre, erwähnt zu werden."

Wir waren erleichtert das zu hören, da es bedeutete, dass unser lieber alter Freund nicht im Haus eingeschlossen war, wie Nadir gefürchtet hatte, und die Chance bestand, dass wir ihn eines Tages wieder sehen würden.

„Geschieht ihm ganz recht!" sagte mein Vetter, nachdem er die Geschichte gehört hatte. „Ich hoffe, dass er von allen Dornen der Rosensträucher gestochen wird, sobald er ihnen auch nur nahe kommt."

„Was geschah aber mit dem alten Gärtner?" fragte ich. „Meine Freunde hatten den Verdacht, dass ihn der Neue im Haus eingesperrt hätte."

Die alte Frau lächelte, als sie das hörte. „Aber nein", sagte sie. „Der arme Kerl musste den Ort verlassen und ging mit einem gebrochenen Herzen davon. Viele von uns boten ihm eine Unterkunft an, er jedoch wollte nicht an einem Ort bleiben, wo seine Kinder – die Rosen – schlecht behandelt werden. So sagte er eines Nachts den Rosen Lebewohl, vergoss wohl so manche Träne auf ihren Blütenblättern und ging davon. Und niemand weiß, wohin. Und in der selben Nacht flohen auch die Elfen, die in den Rosensträuchern gelebt hatten. Und die armen Rosen sterben langsam, wie ihr gesehen habt. Es ist nicht nur der Dünger, das Wasser und die Sonne, die sie wachsen lassen, sondern auch die Liebe und zärtliche Fürsorge eines Gärtners, wie der alte Mann es war."

Tränen liefen auf unseren Wangen herab, als die alte Dame ihre Geschichte beendet hatte, und wir mussten uns sehr zusammennehmen, um nicht die Beherrschung zu verlieren. Auch die alte Frau wischte sich über die Augen. Es war nicht nur der Verlust eines alten Freundes alleine, der uns verletzte und betrübte, es war der Verlust von so viel Schönheit, die wir niemals wieder sehen würden.

„Wenn ich einmal groß bin", sagte mein Vetter, „werde ich auch Gärtner. Und ich werde Rosen züchten wie der alte Mann."

„Das ist eine gute Idee, mein Kleiner", sagte die Frau. „Ich wünsche dir viel Glück dabei. Und wenn ich dann noch leben sollte, so werde ich kommen und sie mir ansehen."

Danach verließen wird das „Glückliche Heim", wie dieser Ort genannt wurde, und versprachen, in den nächsten Ferien wieder zu kommen.

Nach Feental kehrten wir niemals mehr zurück. Im „Glücklichen Heim" jedoch liefen wir oft den Schmetterlingen nach und bildeten uns ein, es wären Blumenelfen. Wir sahen niemals wirkliche Elfen, obwohl die alte Dame uns immer sagte, sie wären gerade in diesem Moment um die Ecke gebogen.

Jedes Mal, wenn wir in dieses Tal kamen, hofften wir, unseren lieben Freund, den Gärtner wieder zu sehen, er kehrte aber niemals mehr zurück. Die Erinnerung an ihn wird jedoch immer in unseren Herzen leben, die Erinnerung an den Mann, der wusste, wie man Rosen züchtete und sie bewunderte.

Die Sitten und Gebräuche der Mächtigen

Es war einmal eine Stadt namens Bhishapur, dort lebe ein mächtiger Mann, der nicht nur der Hüter von Recht und Ordnung war, sondern auch der Herr über alle Menschen, die dort lebten. Jeder liebte und fürchtete ihn zugleich. Und allein die Nennung des Namens „Kajee“ genügte, um die Furcht im Herzen der tapfersten zu erwecken. Denn mit Kajee bezeichnet man nicht nur das Oberhaupt der Priesterschaft, sondern auch den obersten Richter.

Der Kajee hatte einen Diener, der auf den Namen Kadar hörte, und der seinen Herrn zutiefst verehrte. Kadar jedoch hatte einen Fehler. In seinem Eifer, seinem Herrn zu dienen, war er oft gedankenlos, hastig und vorschnell. So konnte es geschehen, dass der Kajee in einer wichtigen Arbeit vertieft war, und sein Diener mit irgendwelchen unwichtigen Neuigkeiten hereinplatzte und ihm erzählte, dass Amina, die Kuh des Nachbarn ein Kalb geworfen hatte oder Kasims Sohn Tinte über das Hemd seines Bruders gegossen hatte.

Schließlich war der Kajee dieser Störungen

müde und schickte um Kadar. Er sprach zu ihm: „Also pass gut auf. Wenn du noch ein einziges Mal in mein Zimmer hereinstürmst und mich mit unwichtigen Dingen belästigst, werde ich dich auf der Stelle entlassen. Ich habe genug von deinem Unsinn. Wenn du nicht lernen kannst, dich zu beherrschen, so werde ich ohne deine Dienste besser dran sein. Denke also daran und hämmere es in deinen Kopf: völlig gleichgültig, was passiert oder wie wichtig die Neuigkeiten dir auch erscheinen mögen, es gibt keinen Grund zu mir hereinzuplatzen und mich damit zu stören. Wenn du mir unbedingt etwas sagen MUSST, dann überlege zweimal, bevor du den Mund aufmachst. Lerne, mit Bedacht und Ruhe zu handeln. Ich schwöre bei meinem Bart, dass ich dich sonst aus meinem Haus werfe!"

Der arme Kadar war völlig aus der Fassung, als er das hörte und beschloss, künftig seine Zunge im Zaum zu halten, und die anderen Diener die Neuigkeiten dem Herren zutragen zu lassen.

Es vergingen viele friedliche Tage. Da kam der wichtige Tag, an dem eine große Konferenz abgehalten wurde. Kadar war an der Tür postiert, um die gelehrten Männer hereinzulassen, die an der Versammlung teilnahmen. Und als er so seinen Pflichten nachkam, sah er zu seinem großen Schrecken, dass ein großer Funke von der Hooka (Wasserpfeife) eines der Gäste den Turban seines Herrn in Brand gesetzt hatte. Sein erster Impuls war es, schreiend hinzulaufen, um seinen Herrn zu warnen. Dann jedoch erinnerte er sich an dessen Drohung und beherrschte sich. Mit demütig erhobenen Händen näherte er sich schüchtern dem hohen Thron, auf dem sein Herr saß und fing an zu sprechen: „Ka-Jee-Jee. Euer ...... Tur...ba.....n". Bevor er jedoch noch seinen Satz zu Ende bringen konnte, brüllte sein Meister laut auf. Denn in der Zwischenzeit hatte nicht nur der Turban des Kajee Feuer gefangen, sondern auch sein Kopf war angesengt.

Jeder eilte herbei, um dem großen Mann zu helfen, und als die Aufregung sich schließlich gelegt hatte, rief der Kajee seinen Diener und schrie ihn an: „Du Narr! Was hast du dir dabei gedacht, dort herumzustehen und zu lispeln, während mein Kopf anbrennt! Aus meinen Augen, bevor ich dich prügle, dass du alle Zähne verlierst. Du bist schlimmer als jeder Esel..."

Der arme Kadar wusste nicht, wohin er blicken und was er sagen sollte. Er begann wie ein Kind zu weinen und zitterte am ganzen

Körper. „Seltsam sind die Bräuche der Mächtigen“, schluchzte er. „Als ich zu schnell sprach, beschuldigte mich mein Herr, ungeduldig zu sein, und nun, als ich mit Ruhe handelte, sagt er mir, ich sei ein Narr. Es ist heutzutage wirklich schwierig, treu und gehorsam zu dienen.“ Als er dies sagte, wollte er sich schon fortwenden, die Gemahlin des Kajee jedoch, die hinter dem Purdah (Vorhang) stehend alles gehört hatte, fiel ihrem Gatten zu Füßen und bat ihn um Gnade für den armen Mann.

So sah sich also der Kajee gegen seinen Willen gezwungen, den armen Kadar wieder in Gnaden aufzunehmen.

YANTRA - Bücher für's Leben... mit Sinn!

»Der erste Donner« ist ein kraftvolles Buch, das gerade im richtigen Augenblick erscheint, um die dringenden Fragen unseres Zeitalters zu beantworten. Es erzählt eine mitreissende Geschichte von Entdeckung und Abenteuer, aber es ist auch ein schrittweises Handbuch, das uns aus der Vergangenheit in eine leuchtende Zukunft voll Glück und Wunder führt.

ISBN 3-901226-11-7 - Pb. - 313 S.

»Ein wunderbares Buch für diejenigen, die die Reise auf ihrem spirituellen Pfad gerade antreten, und für fortgeschrittene Schüler - eine erleuchtende Erzählung.«

Luise L. Hay

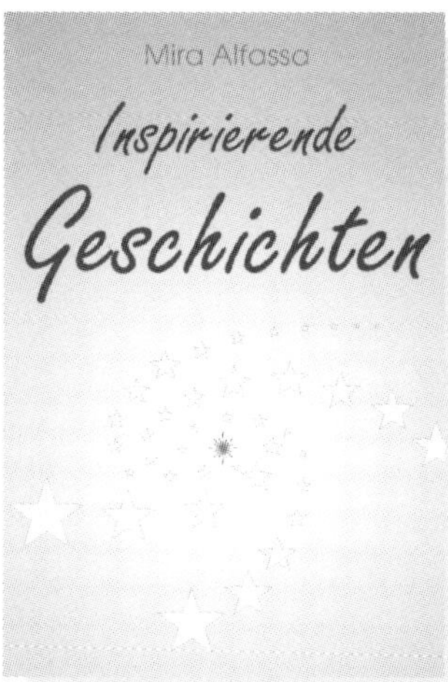

Diese leicht lesbaren und unterhaltsamen Geschichten aus aller Welt und allen Zeiten beinhalten jeweils eine »Moral«, die uns eine »Lehre« sein kann und die, wenn praktisch angewendet, unser Leben zu bereichern und zu erheben, ja möglicherweise sogar zu verwandeln vermag.

ISBN 3-901226-10-9 - Pb. - 220 S.

YANTRA - Bücher für's Leben... mit Sinn!

Dieses Buch ist ein Grundlagenwerk der Wissenschaft des Yoga. In dieser Form nie zuvor dargeboten, entschlüsselt es die tiefsten Geheimnisse des Lebens und weist den Weg aus der Problematik der Existenz in dieser Welt zu einem transzendenten Bewusstsein, in dem das Leben aus einer neuen Sicht gesehen, gelebt und gemeistert wird.

ISBN 3-901226-06-0 - Pb. - 346 S.

Dieses Yoga-Trainingsprogramm in drei aufbauenden Stufen umfasst alle Aspekte des Yoga und ermöglicht ein systematisches, schrittweises Erlernen der Übungen.
Es ist für alle geeignet, die ein einfaches Yoga-System suchen, das in der Praxis leicht anwendbar ist.

ISBN 3-901226-13-3 - Pb. - 205 S.

In diesen ausgewählten Versen aus einem der grossen klassischen Werke Indiens geht es um die Einheit und den Bewusstseinswandel der vonnöten ist, um diese zu verwirklichen.
Dies ist eine Schrift, die die Tore zur höchsten Wahrheit zu öffnen vermag und die den Weg zum grössten Geheimnis des Lebens weist.

ISBN 3-901226-12-5 - Pb. - 112 S.

YANTRA - Bücher für's Leben... mit Sinn!

Frieden des Geistes ist, was dem heutigen Menschen in unserer aufregenden und unruhigen Welt am meisten fehlt. Denn wahres und dauerhaftes Glück ist nur in einem Zustand innerer Ruhe und Sammlung zu erfahren. Der Ramana-Weg ist der einfachste und direkteste Weg zu diesem Zustand, nach dem sich letztendlich jeder sehnt und den jeder verwirklichen will.

ISBN 3-901226-09-5 - Pb. - 145 S.

Wir sind zumeist mehr Sklaven als Meister und werden mehr vom Leben gelebt als es bewusst zu leben.
Dieses Buch zeigt Mittel und Wege, wie wir Herrschaft über uns selbst erlangen und dadurch die Macht haben, unser Leben souverän zu meistern.

ISBN 3-901226-08-7 - Pb. - 117 S.

Die schillernde Persönlichkeit des völlig unkonventionellen Meisters Yogi Ramsuratkumar, von dem dieses Buch handelt, fasziniert und erstaunt immer wieder aufs neue. Nur ein armer Bettler oder doch ein spiritueller Gigant?
Die Antwort auf diese Frage muss wohl jeder selbst finden - das Buch möchte dafür eine Hilfe sein.

ISBN 3-901226-05-2 - Pb. - 109 S.

Steinberger Lieselotte
Thunhofgasse 9/4
A-WIEN
01-8021964